LA GARDE DE LA DRAGONNE

LES ÂMES-SŒURS DE LA DRAGONNE #1

EVA CHASE

1

Ren

— Tu attends quelqu'un, chérie ? demanda le barman.

C'était une question sensée sachant que j'étais perchée sur un des tabourets en cuir capitonné du bar depuis dix minutes sans avoir rien commandé. S'il y avait eu un peu plus de monde, il aurait probablement insisté beaucoup plus tôt. Mais il n'y avait qu'un seul autre client à l'autre bout du comptoir, un mec grisonnant qui était collé à sa bière et scotché devant les murmures du match de foot, et quelques personnes installées autour de tables en bois dans le reste de la pièce.

J'avais choisi ce bar pour cette raison précise. Si elle venait, ce serait dans un endroit discret, pas trop bruyant et pas trop bondé. Du moins ça avait semblé être une bonne idée. Ce n'était pas comme si elle allait se montrer après tout.

— Pas vraiment, dis-je au barman en appuyant mes coudes sur le bar.

L'odeur du vernis à bois et de l'alcool me chatouillaient le nez.

— Et si vous devez m'appeler par un nom, appelez-moi Ren.

Quasiment toutes les fois où j'avais entendu « *chérie* » au cours des sept dernières années, ça avait été suivi par un regard vicieux et du pelotage.

Le barman ne le prit pas mal et se contenta de sourire.

— Aucun problème, Ren. Est-ce que je peux te servir quelque chose pendant que tu n'attends *pas vraiment* ?

Je me sentais trop fébrile pour avoir envie d'un verre pour le plaisir, mais peut-être était-ce la raison pour laquelle je devrais en prendre un. Il fallait que je me calme.

— Je vais prendre un Bloody Mary.

— Ça, je peux le faire. Son grand sourire se transforma en un sourire contrit. Je vais devoir te demander une pièce d'identité. Prends ça comme un compliment ?

Je haussai les épaules et sortis mon portefeuille. Lorsque je lui tendis la carte, il eut un petit rire.

— La reine du jour, hein ? C'est un honneur de te servir ton premier verre. Il haussa un sourcil. Ou du moins ton premier verre légalement.

Ouais, on n'allait pas faire l'inventaire de toute la vodka et le rhum pas chers que j'avais englouti au cours de ces dernières années. Quand on vit dans la rue, il y a toujours quelqu'un qui passe avec une bouteille dans un sac en papier. Mais j'en avais fini avec cette partie de ma vie maintenant.

Il n'y avait qu'une seule chose qui manquait encore.

— Faites-le super sanglant, dis-je au barman.

Il me salua et prit un verre. Je regardai vers la porte pendant qu'il préparait le cocktail. De l'autre côté de la fenêtre, les phares de la circulation de Brooklyn zébraient la nuit noire. Personne n'entra.

Ma main se leva vers le médaillon qui pendait juste en dessous de ma clavicule. Je suivis le motif délicat en forme de vigne gravé dans l'or aux teintes chaudes. Ma poitrine se serra un peu lorsque je l'ouvris, même si je l'avais déjà fait une dizaine de fois aujourd'hui.

Ce collier était la dernière chose que ma mère m'avait donnée. Ça remontait à sept ans, mais je me rappelais parfaitement de la manière dont ses yeux noirs brillaient de larmes tandis qu'elle pressait le bijou dans mes mains. Elle avait refermé ses doigts sur les miens et s'était penchée vers moi. Le parfum qu'elle portait, rappelant celui des roses avec une note fumée, avait rempli mes poumons.

« Il faut que je parte, avait-elle dit. Si ce que je m'apprête à faire se passe comme je l'espère, je serai vite de retour. Mais si ce n'est pas le cas... Garde précieusement ce médaillon. Ne le retire pas, ne serait-ce qu'un instant. Et laisse-le fermé jusqu'à ton vingt-et-unième anniversaire. Ensuite, si je ne suis pas revenue, ouvre-le. »

À l'époque, mes vingt-et-un ans me semblaient tellement loin que j'avais eu du mal à intégrer ce qu'elle était en train de me dire. Elle s'était déjà absentée pour quelques petits voyages, mais elle n'était jamais partie plus d'une semaine ou deux. Lorsqu'elle m'avait prise dans ses bras, je lui avais rendu son étreinte avec un peu plus de force que d'habitude, mais je ne pensais pas vraiment qu'elle ne reviendrait pas. Elle était la seule chose sûre que je n'avais jamais eue.

Mais elle n'était pas revenue. Et j'étais là, arrivée à mes vingt-et-un ans. Je refermai le médaillon dans un claquement, puis je le rouvris et le refermai de nouveau. À l'intérieur, il n'y avait rien, hormis une autre gravure qui représentait un symbole ressemblant à une flamme à l'envers au cœur d'une ligne en spirale. J'ignorais totalement sa signification, je ne savais pas vraiment ce que c'était censé être.

Quelque part dans ma tête, j'avais dans l'idée qu'à la seconde où j'ouvrirais le médaillon, maman le saurait. Elle le saurait, et elle viendrait me chercher. Peu importe ce qui l'avait retenue avant, ce serait terminé.

Je m'étais préparée et je l'avais ouvert pour la première fois douze heures plus tôt. Et j'étais là, toujours du haut de mes vingt-et-un ans, assise seule dans un bar à moitié vide un jeudi soir.

Pas seule pour longtemps. Le barman posa mon Bloody Mary devant moi, et un mec qui était assis à une des tables s'approcha d'un pas nonchalant. Il s'installa sur le tabouret à côté du mien et appela le barman pour commander un gin tonic avant de me reluquer de la tête aux pieds.

— Tu as l'air un peu seule ce soir, ma jolie, dit-il.

Sa voix était aussi grasse que ses cheveux, et les aisselles de sa chemise étaient auréolées de traces de sueur.

— Peut-être que je peux t'aider pour ça.

Même pas en rêve.

— C'est bon, dis-je. Pas besoin d'aide.

Il se rapprocha un peu plus. Il sentait aussi la sueur, la

sueur et les trois ou quatre verres qu'il avait déjà descendu. *Beurk.*

— Oh, allez. Ça ne fait pas de mal une petite conversation.

Je n'en suis pas si sûre, me dis-je dans ma tête. La vérité c'était que, même s'il avait été vaguement séduisant, j'aurais gardé mes distances. Les mecs et moi ne faisions pas bon ménage. J'avais eu quelques histoires d'un soir au fil des ans, mais rien qui était allé plus loin. Dès que les choses commençaient à prendre une tournure torride et sexy, une étrange sensation naissait à l'intérieur de moi. Comme si des griffes s'enfonçaient dans mes entrailles. Et soudain, j'avais l'impression que je pouvais déchiqueter le mec en face de moi.

Comme si peut-être c'est ce que je désirais.

Il n'y a rien de mieux que des visions de meurtre macabre pour refroidir la libido.

Ce n'était pas la première fois que je sentais l'agitation de ces griffes à l'intérieur de moi. L'homme à l'aspect graisseux me tapota l'épaule avec un sourire en coin et des picotements remontèrent le long de mes côtes. L'image qu'il était en train de présenter s'assembla et devint soudain claire. J'arrivais presque à sentir le goût de son égo blessé dans sa sauce de désespoir.

— Je ne suis pas plus intéressée que ton ex, dis-je avant de boire une gorgée de mon Bloody Mary. Alors si tu nous laissais tranquilles toutes les deux ?

Le visage du mec prit un ton cireux.

— Salope, marmonna-t-il.

Il son verre du bar d'un coup sec avant de partir d'un pas raide.

J'avalai une autre généreuse gorgée du cocktail épicé à base de tomates. Le barman avait fait en sorte qu'il soit bien fort, exactement comme je le voulais. Suffisamment pour dissiper une grosse partie du malaise de cette rencontre.

Mon téléphone se mit à vibrer dans ma poche. Je le sortis et souris en voyant le nom affiché sur l'écran.

— Salut Kylie ! dis-je. Es-tu vraiment censée passer des coups de fil en plein milieu de ton service ?

— J'ai passé un accord avec mon responsable pour finir tôt ce soir en échange d'une longue soirée de boulot demain, dit ma meilleure amie d'une voix enjouée. Une surprise pour ton anniversaire ! Où es-tu, Ren ? Il faut qu'on se lâche ce soir, grave.

J'éclatai de rire. Peut-être que c'était ce dont j'avais vraiment besoin. Maman n'était plus là depuis longtemps, partie faire quelque chose de plus important que de rester avec sa fille unique, et, bien sûr, aucun bijou n'allait la ramener. Mais je n'avais plus besoin d'elle. J'avais survécu à ces sept dernières années, même si je n'en étais pas sortie totalement indemne, et maintenant Kylie et moi avions récupéré assez d'argent pour effectuer un premier versement pour un appartement.

C'était un appartement miteux, dans une rue louche où il y avait plus de mauvaises herbes que de béton sur les trottoirs, mais il y avait quatre murs et un toit sans trous. Il y avait une porte avec une serrure, et nous étions les seules à en avoir les clés. De nos jours, c'était le graal.

D'habitude, Kylie travaillait le soir et la nuit dans une épicerie délabrée du quartier où elle tenait la caisse et réapprovisionnait les rayons. Je retournerai soulever des cartons dans mon travail à l'entrepôt le lendemain matin. Ça n'avait rien de drôle, mais ça payait les factures. Et je pouvais travailler en déambulant tel un zombie, alors je n'avais pas à m'inquiéter d'avoir une gueule de bois.

Je retournai un des dessous de verre posés sur le comptoir pour regarder le nom du bar.

— Je suis dans un endroit qui s'appelle le Carmello's, dis-je. C'est sur la 5ème avenue, à quelques pâtés de maisons du parc. Mais je peux te retrouver où tu veux.

— Non, non, dit Kylie. Je viens te rejoindre. Et ensuite je vais t'emmener vivre une aventure épique, ma puce.

—Je compte bien te faire tenir cette promesse, dis-je.

Non pas que j'avais des doutes quant au fait que Kylie la tiendrait. Elle n'avait que quelques années de plus que moi, mais lorsque je l'avais rencontrée pour la première fois quelques années plus tôt, l'écart semblait beaucoup plus important qu'aujourd'hui. Elle veillait sur moi, autant comme une grande sœur que comme une amie.

Le Carmello's serait d'un ennui beaucoup trop mortel pour qu'elle ait envie d'y rester. J'avalai quelques gorgées de plus de mon Bloody Mary pour le terminer avant qu'elle n'arrive.

La porte s'ouvrit dans un soupir, trop tôt pour que ce soit déjà Kylie. Mon cœur fit un bond malgré le sermon que je m'étais fait. Mais ce ne fut clairement pas ma mère qui entra.

Le mec avait l'air jeune, peut-être la vingtaine, mais il dégageait une certaine confiance en lui dans la manière dont il se mit à rôder dans le bar, une confiance qui semblait être le résultat d'une très grande expérience. La rondeur de son visage était cassée par la saillie de ses pommettes proéminentes, il n'était pas vraiment beau, mais définitivement marquant. Ses yeux couleur noisette balayèrent la pièce avant de se poser sur moi.

Je détournai mon regard, me rendant compte que j'étais en train de le fixer. Et ce n'était pas du tout le genre de personne que j'avais envie de fixer. Vivre dans la rue m'avait donné un grand sens du danger. Ce mec ? Ce n'était pas le genre de personne qu'il fallait énerver. Il irradiait aussi de lui une certaine détermination. Il valait mieux ne pas se mettre en travers de son chemin, quoi qu'il comptât faire.

Il se dirigea vers le bar, juste à côté de moi... c'était bien ma chance.

— Donnes-moi ce que tu as de meilleur en pression, dit-il au barman, puis il se tourna vers moi. C'est une soirée agréable pour une sortie en ville.

— Je suppose, dis-je d'un air évasif.

Combien de temps Kylie allait-elle mettre pour venir ici et me donner une porte de sortie ?

Pommettes pencha la tête.

— Toute l'énergie du début de l'été dans l'air, ça réveille la bête qui sommeille en nous.

Qu'est-ce que *c'était* censé vouloir dire ? Je haussai les épaules et fis mine d'être captivée par mon Bloody Mary. Il ne comprit pas le message et rajouta :

— Peut-être qu'on pourrait aller se promener et faire connaissance.

Je levai les yeux vers lui. Il avait *vraiment* confiance en lui, n'est-ce pas ? Ma langue bien pendue prit le pas sur mon bon sens.

— Qui a dit que j'avais envie de faire votre connaissance ?

Pommettes me fit un grand sourire, semblant imperturbable.

— Je dis juste qu'on a clairement beaucoup de choses en commun. Ce n'est pas notre genre d'endroit, n'est-ce pas ? Pourquoi ne pas rentrer au bercail, au moins pour une visite ?

Beaucoup de choses en commun ? Le bercail ? Était-il *sous* influence ? Pas de pupilles dilatées, pas de mouvements saccadés, mais on ne savait jamais quelles drogues tournaient de nos jours.

Je vidai mon verre du mieux que je pouvais en une gorgée avant de le reposer. La pointe d'épices et l'alcool aiguisèrent mes griffes intérieures.

— Je suis presque certaine que nous n'avons strictement rien en commun, dis-je. Pour commencer, je sais comprendre quand on me dit « non ».

Avant d'avoir à découvrir ce qu'il allait me répondre, je descendis de mon tabouret et me dirigeai directement vers l'arrière-salle où était accroché le panneau *Toilettes*. Il était peu probable qu'il me suive dans les toilettes pour femmes.

Pendant que je me lavais les mains, je regardai mon reflet. Je n'avais rien mis de plus que mon duo classique mascara et rouge à lèvres marron clair ce jour-là. J'étais habillée de manière décontractée, avec un T-shirt délavé Nine Inch Nails et un jean. J'avais la chance que mes cheveux soient dans un bon jour, mes boucles marron-chocolat ondulant de manière artistique sur mes épaules, alors que d'habitude j'avais beaucoup de mal à les coiffer, n'arrivant parfois même pas à le faire, mais sinon il n'y avait rien de spécial. Alors pourquoi les hommes me tournaient-ils autour comme des mouches autour d'un pot de miel ?

Peu importait. Pommettes me mettait trop mal à l'aise. Soit il était drogué, soit il était partiellement fou, et aucun des deux ne mènerait à un bon résultat. J'allais envoyer un SMS à Kylie pour lui dire que j'allais la retrouver dans le club pour tous les âges de l'autre côté de la ville et prendre un taxi pour y aller.

J'étais en train de prendre mon téléphone en sortant des toilettes, et une paire de bras m'encercla brusquement par-derrière. Une main abattit un tissu humide sur mon visage. L'autre s'enroula autour de ma taille. Une odeur sucrée écœurante déferla sur moi. Je lançai mon coude vers l'arrière... et le monde devint noir autour de moi.

2

Ren

Je me réveillai avec une sensation vaseuse derrière les yeux et celle d'un tissu velouté contre ma joue. Aucune de ces sensations n'était normale.

Je me frottai le front en clignant des yeux. La pièce commença à devenir plus nette. Tout ça n'avait aucun sens.

J'étais couchée sur un lit à baldaquin dans une chambre décorée avec élégance. Un fin rayon de soleil traversait les rideaux de brocart de part et d'autre d'une grande fenêtre. Le cadre de lit, tout comme la commode et la coiffeuse appuyées contre des murs, semblaient être en acajou, cirés au point de briller. Des motifs de fleurs dorées scintillaient sur le papier peint couleur menthe à l'eau.

Le couvre-lit en-dessous de moi était effectivement en velours. Les poils doux prirent une couleur plus foncée sous la pression de mes mains tandis que je me redressais.

Un parfum sucré rappelant celui du lilas s'éleva de ce dernier.

Sucré. Le souvenir de bras qui m'attrapaient et du tissu sur mon nez et ma bouche refit surface. Mon pouls commença à devenir irrégulier. Je touchai mon visage comme pour essayer d'arracher cet instant de mon passé. De faire en sorte qu'il ne soit jamais arrivé.

Mais en vain, c'était la réalité. Quelqu'un m'avait kidnappée et m'avait fait perdre connaissance avant de m'amener ici, quel que pouvait être cet *ici*. Apparemment, mon kidnappeur était très riche et avait un goût décadent pour ce qui était du mobilier.

Je palpai mes poches. Mon téléphone avait disparu. Au moins, mes vêtements étaient toujours sur moi eux, intacts. Je ne ressentais aucune douleur étrange. Je n'avais aucune raison de penser que j'avais été brutalisée en dehors de mon agression initiale.

Enfin en tous cas jusqu'ici. Qui savait ce que mon kidnappeur avait en réserve pour moi ensuite ?

Les muscles tendus, je m'obligeai à me lever du lit. La fenêtre semblait être située sur l'avant de la maison. Elle donnait sur une rue de banlieue. Une vaste pelouse s'étendait jusqu'à la route et une grande demeure victorienne se dressait au loin, peut-être à une trentaine de mètres. On distinguait une autre maison sur la gauche, au-delà d'une haie épaisse. Je ne voyais personne bouger derrière les fenêtres ni à l'extérieur, mais le soleil venait de se lever à l'horizon. J'aurais peut-être une chance de crier à l'aide plus tard.

En attendant, j'avançai avec précaution sur le parquet pour me diriger vers la coiffeuse à la recherche d'un coupe-papier ou d'une épingle à cheveux, ou de quelque chose de suffisamment pointu pour être planté dans quelqu'un. Dans les tiroirs, je ne trouvai que des pots et des tubes contenant de la poudre de maquillage et des crèmes, une brosse et un peigne, ainsi qu'un miroir dans un boîtier argenté plus petit que la paume de ma main.

J'entendis des bruits de pas de l'autre côté de la porte. J'enfouis le miroir dans ma poche par réflexe. Après avoir passé plusieurs années à voler, c'était devenu un automatisme. Je refermai le tiroir et reculai vers la fenêtre.

La poignée de la porte tourna. Je n'entendis aucun cliquetis provenant d'une clé ni aucun frottement d'un pêne. Même si mon cœur palpitait, j'hésitai. La porte n'était pas fermée à clé ? Je n'avais pas pris la peine de vérifier, j'étais persuadée que ce serait le cas.

Elle s'ouvrit en glissant. Un homme que je n'avais jamais vu de ma vie fit son entrée dans la pièce. J'étais sûre de moi, parce que si je l'*avais* vu avant, même des années auparavant, je me serais souvenue de lui. C'était l'être humain le plus beau sur lequel mes yeux ne s'étaient jamais posés.

Un corps élégamment musclé mesurant au moins quelques bons centimètres de plus que mon mètre soixante-quinze remplissait la chemise cintrée et le pantalon dont il était vêtu. Les traits de son visage étaient élégants eux aussi, et il avait des yeux d'un bleu indigo et des cheveux noirs en épis. La seule chose qui venait entacher cette symétrie parfaite était une petite cicatrice qui formait comme une entaille au niveau de son sourcil gauche, mais d'une certaine manière ça ne faisait que le rendre plus parfait. Une boucle d'oreille brillait à son lobe droit, un minuscule clou en saphir assorti à ses yeux.

Il s'arrêta après avoir fait quelques pas dans la pièce et m'adressa un sourire charmeur. Mon cœur se mit à battre plus fort dans ma poitrine.

Bon sang. J'avais été sédatée et emmenée dans la maison d'un étranger. Ce n'était pas le moment de mouiller sa petite culotte, Ren.

Et pourtant, c'était ce qui était en train de se passer. Mon cœur martelait encore dans ma poitrine, mais ce n'était plus entièrement à cause de la peur désormais. Les frissons qui parcouraient mes nerfs ressemblaient plus aux signes d'une grande excitation.

Qu'est-ce qui ne tournait pas rond chez moi, bon sang ?

Et était-ce le fruit de mon imagination ou ce mec était-il en train de me regarder avec la même avidité ?

— Bienvenue chez moi, dit-il d'une voix enjouée et mélodieuse. Je suis désolé que nous ayons eu à nous rencontrer dans ces circonstances. Je te promets que le kidnapping n'est pas mon style habituellement. J'espérais te parler sur ton propre territoire. Mon assistant a été un peu trop... enthousiaste.

Il lança un coup d'œil vers la porte. J'avais *déjà vu* l'homme qui se tenait là-bas. C'était Pommettes du bar. Mes épaules se raidirent. Mais, après avoir fait son fanfaron dans le bar, il avait l'air totalement abattu à présent. Il franchit le seuil de la porte en traînant des pieds, puis il tomba à genoux et baissa la tête.

— Je suis vraiment désolé. J'ai dépassé les bornes.

— De *très* loin, dit sèchement le premier homme.

— De très loin, se hâta d'acquiescer Pommettes. C'était entièrement ma faute. Je n'étais même pas censé vous parler. Je... Encore une fois, je suis désolé.

— C'est bon, dit son patron, le congédiant d'un revers de la main. Files. Je suis sûr qu'elle n'a pas envie de voir ton visage plus que nécessaire. Tu peux commencer tes nouvelles fonctions.

Il se tourna vers moi avec un sourire en coin.

— Je l'ai mis de corvée de nettoyage pendant un mois, ça semblait logique considérant le bazar qu'il a créé.

— Je suis perdue, dis-je. Je... En fait vous n'aviez pas l'*intention* de me kidnapper ?

J'avais un peu de mal à me faire à cette idée.

— Comme je l'ai dit, ce n'est pas mon style. J'aurais dit à Leonard de te ramener chez toi si je savais où c'était. Comme je ne le savais pas... Il fit un geste pour désigner la chambre. J'ai essayé de faire en sorte que tu sois aussi bien installée que possible en attendant.

Il ne se rapprocha pas, continuant de me laisser suffisamment d'espace. Mais il se tenait entre la porte et moi. Je m'humectai les lèvres.

— Alors si je le voulais, je pourrais rentrer chez moi tout de suite ?

Les sourcils de l'homme se levèrent.

— Bien sûr. Ne te gêne pas si tu ne veux plus être mon invitée.

Il fit un pas sur le côté pour ouvrir le chemin vers la porte.

— Nous ne sommes qu'à une demi-heure de Brooklyn, et il y a une gare à dix minutes de marche. Mais peut-être pourrais-tu envisager d'accepter mon hospitalité un peu plus longtemps maintenant que tu es là ? Ça fait très longtemps que j'attends l'occasion de te parler.

J'avais déjà traversé la moitié de la pièce. En entendant ces mots, mon corps se figea. Je le dévisageai.

— Qu'est-ce que vous voulez dire ? Vous avez dit avant que vous vouliez me parler. Me parler de *quoi* ? Qui *êtes-vous* ? Pourquoi est-ce que vous... et votre assistant... est-ce que vous fouinez dans ma vie d'abord ?

— Prenons tes questions l'une après l'autre, en commençant par la plus simple. Je m'appelle Marco. Enchanté de faire ta connaissance.

Il inclina sa tête dans une semi-révérence espiègle.

— J'aimerais te parler de beaucoup de choses, mais commençons peut-être par ce que tu as fait au cours des seize dernières années. Et n'as-tu vraiment aucune idée de pourquoi je serais intéressé?

Marco prononça ces derniers mots sur un ton léger, mais son regard indigo soutenait intensément le mien. Le frisson d'anticipation parcourut à nouveau mes nerfs. De manière inattendue, je me retrouvais à me demander quelle sensation procurerait ses mains agiles si elles couraient sur ma peau...

Ok, Ren, arrête d'avoir l'esprit mal placé. Tu connais ce mec depuis exactement cinq minutes, et tu ne peux même pas être sûre que toute cette histoire de kidnapping était vraiment accidentelle.

Outre le fait que je *croyais* ce qu'il me disait, tout au fond de moi, pour des raisons que je n'arrivais pas à expliquer. *Il ne me mentirait pas*, me disait mon instinct. Comment diable pouvais-je savoir ça ?

Aucune de ces réactions ne répondait à sa question cependant.

— Non, dis-je. Je n'en ai pas la moindre idée. Ce n'est pas une sorte de blague d'anniversaire que Kylie aurait organisée, n'est-ce pas ?

Ça semblait terriblement élaboré... et flippant... même de sa part à elle.

Marco secoua la tête.

— Non. Ce n'est définitivement pas une blague. J'essaye juste de bien faire les choses.

— Avec *moi* ? Mais je ne vous ai jamais rencontré avant. Je ne vous ai jamais vu avant.

— On ne s'est jamais rencontré ? Ton nom est bien Serenity, n'est-ce pas ?

Je n'aurais jamais pensé pouvoir me crisper encore plus que je ne l'étais déjà. Il s'avérait que j'avais tort. Mon dos devint complètement raide.

Personne n'utilisait ce nom. Personne ne l'avait utilisé à part ma mère, dans ses chuchotements les plus doux lorsque j'étais malade ou que je m'endormais, d'aussi loin que je m'en souvenais.

— Je m'appelle Ren, dis-je.

Ma voix était rauque.

— Un diminutif pour Serenity, dit Marco. Tu n'as pas à le cacher avec moi. Je ne te ferai aucun mal.

Pourquoi est-ce qu'il dirait ça ? Mes pensées se mirent à tourbillonner dans ma tête. J'appuyai ma main sur mon front. Marco s'avança vers moi.

— Je ne comprends rien de tout ça, dis-je. Vraiment rien.

Son expression s'adoucit. Au moment où ma main

retombait, il leva la sienne pour toucher ma joue. Mon pouls s'accéléra, mais sous l'effet de l'envie irrépressible de m'abandonner à son toucher, et non de m'éloigner. Je sentais ma peau picoter sous ses doigts. De riches effluves épicées rappelant l'odeur d'un café à la cannelle émanaient de lui. Exquis. Mon regard se baissa pour se poser sur sa bouche.

Sa pomme d'Adam déglutit.

— Que t-a-telle fait, ma Princesse des Flammes ? murmura-t-il. Comment t-a-elle enfermée ?

— Personne ne m'a enfermée, dis-je. Je suis devant vous. De qui êtes-vous en train de parler ?

— De ta mère. Ça ne peut être qu'elle. Pour te protéger bien sûr, mais...

Je reculai brusquement, les yeux écarquillés.

— Que sais-tu à propos de ma mère ? *Comment* sais-tu quoi que ce soit à propos de ma mère ?

Marco avait l'air aussi surpris par mon emportement que moi.

— On pourrait dire qu'on fréquentait les mêmes cercles il y a longtemps. Je la cherche depuis aussi longtemps que toi.

La bulle d'espoir qui avait commencé à faire surface en moi explosa.

— Alors tu ne sais pas où elle se trouve en ce moment.

Il fronça les sourcils.

— Non. Toi non plus ? Ren, je crois qu'il serait mieux que tu...

Il prit une profonde inspiration et reprit le ton enjoué qu'il utilisait auparavant.

— Je fais un piètre hôte. Toute cette discussion au

moment du petit-déjeuner et je ne t'ai rien proposé à manger. Je vais t'amener quelque chose. Pourquoi ne pas prendre un moment pour t'aérer la tête ? Il semble que nous ayons plus à discuter que je ne le pensais.

Il leva ma main pour déposer un baiser sur le dos de cette dernière. L'effleurement de ses lèvres sur ma peau laissa celle-ci brûlante. Puis il se glissa hors de la pièce sans attendre ma réponse.

3

Marco

Leonard, l'idiot, était en train de flâner dans le couloir.

— Qu'es-tu en train de faire ? grognai-je en passant devant lui à grandes enjambées. Je t'ai dit de commencer ta corvée de ménage.

Il se hâta derrière moi, l'air déconcerté.

— Je croyais que c'était une plaisanterie, Marco.

— Oh, vraiment ?

Je me tournai vers lui du haut des escaliers.

— Tu pensais aussi que je plaisantais quand je t'ai mis dehors pour être allé voir mon amie qui se trouve là-bas et pour avoir essayé de mener ta propre enquête ? Sans parler du fait de l'avoir traînée ici contre sa volonté ? Ou est-ce qu'au moins cette partie-là a bien été comprise ?

Leonard se recroquevilla. Avec n'importe qui d'autre, il aurait réagi en faisant le fanfaron, mais je savais qu'au fond de lui, c'était un lâche. Sa contenance s'effondrait lorsqu'il était face à une autorité supérieure.

Malheureusement, je n'avais pas été là pour exercer cette autorité la veille au soir. *Retrouve la source de la magie aussi précisément que possible*, lui avais-je dit. *Je prendrai le relais quand j'en aurai fini en Caroline du Nord.* Apparemment ces instructions n'avaient pas été assez claires. Mon lieutenant de New York s'était mis en tête que je serais impressionné s'il ramenait la fille lui-même. Parce que bien entendu le kidnapping était le moyen parfait de reconstruire la confiance qui avait été si brutalement perdue.

Mais elle ne semblait pas se souvenir qu'il y avait quoi que ce soit à reconstruire. Elle avait réagi à ma présence, j'avais surpris sa réaction, cette attirance immédiate qu'on ressentait envers son âme-sœur. La même chose que ce que j'avais ressenti à la seconde où j'avais posé les yeux sur elle. Et, mon Dieu, quelle belle âme-sœur j'avais. Son odeur, sucrée et acidulée à la fois, quand je m'étais penché vers elle... J'avais dû faire appel à tout mon self-control pour ne pas baisser mes lèvres sur les siennes afin de découvrir si elle était aussi délicieuse qu'elle en avait l'air.

Elle n'était pas prête pour ça. Elle n'était prête pour rien de tout ça. Son *corps* avait réagi, mais son trouble était réel. Elle ne m'avait même pas reconnu, et j'étais quasiment certain qu'elle ne savait pas non plus qui *elle* était. Ma Princesse des Flammes, elle n'avait pas la moindre idée qu'elle était tout sauf un être humain ordinaire. On ne pouvait pas faire plus absurde que ça.

Et maintenant, je devais essayer de le lui expliquer en

plus de devoir justifier les tendances regrettables de mon lieutenant à kidnapper les gens.

Je lançai plus de regards noirs à Leonard, mais en réalité, la faute était à moitié mienne parce que je l'avais choisi lui pour cette mission.

— Les autres alphas vont se mettre en route, dis-je. Ils pourraient arriver d'une minute à l'autre. Alors maintenant que tu sais que je ne plaisante pas, trouves une lampe à dépoussiérer ou des toilettes à récurer.

— Oui, monsieur. Je suis désolé, monsieur.

Leonard inclina la tête et s'éloigna. Peut-être était-il capable d'apprendre. Je n'aimais pas entendre mes subordonnés minauder, mais c'était mieux que de les voir courir partout tête baissée... et ruiner le moment le plus important de ma vie jusqu'ici.

Je me dirigeai vers le rez-de-chaussée, sentant l'odeur des saucisses en train de frire et des œufs brouillés émanant de la cuisine. Lindy, qui s'occupait de la maison pendant les longues périodes durant lesquelles je me trouvais autre-part, avait su qu'on allait avoir besoin d'un petit-déjeuner, même si j'avais oublié. Elle était suffisamment vive d'esprit pour avoir probablement préparé assez à manger pour des invités.

Sous les sons de l'huile crépitante et d'une spatule tapotant les poêles, un craquement arriva jusqu'à mes oreilles à l'ouïe féline. Je m'arrêtai, tournant la tête pour me concentrer sur le bruit.

Le petit salon. Quelqu'un était en train d'essayer de forcer la fenêtre depuis l'extérieur.

D'abord le kidnapping, et ensuite l'entrée par

effraction. Ça promettait vraiment d'être une merveilleuse journée. Je pris une profonde inspiration.

— Leonard ! criai-je en me dirigeant vers le hall d'entrée. Finalement j'ai une autre tâche pour toi.

Ren

Que t-a-telle fait, ma Princesse des Flammes ? Comment t-a-elle enfermée ?

Les mots de Marco résonnaient dans ma tête. Assise au bord du lit, je pris cette dernière entre mes mains. Mon esprit n'avait cessé de tourbillonner depuis qu'il avait franchi la porte. Porte qu'il avait d'ailleurs laissé ouverte, je supposai donc que *j'avais* le droit de partir si je le voulais. Je ne voyais simplement pas comment je pouvais le faire alors qu'il y avait tant de questions pour lesquelles *j'*avais besoin de réponses à présent.

Comment avait-il connu ma mère ? Pourquoi pensait-il me connaître ? Comment avait-il découvert mon prénom entier ? Qu'est-ce qui était important au point qu'il m'ait recherchée... et que son « assistant » ait pensé que ça valait la peine de me kidnapper ?

Pourquoi ressentais-je l'envie irrépressible de me jeter dans ses bras à chaque seconde quand j'étais avec lui ?

Un cri aigu provenant de l'extérieur brisa le tourbillon de mes pensées. Il y eut un bruit sourd et un grognement, des bruits de lutte. J'étais déjà debout en train de me précipiter vers la fenêtre lorsqu'une stridente voix familière, durcie par la colère, me parvint à travers la vitre.

— Lâchez-moi ! Et vous feriez mieux de laisser Ren partir aussi. Je sais que vous la retenez ici. Espèce de sales connards. J'ai appelé les flics ! Ils seront là d'une minute à l'autre.

Kylie. Que faisait-elle ici ? Je parcourus le reste du chemin jusqu'à la fenêtre à la hâte.

La coupe à la garçonne rose fluo de Kylie brillait sous les rayons éclatants du soleil. L'assistant de Marco, Leonard, l'avait plaquée au sol, immobilisant ses bras dans son dos. Elle se tortillait, essayant de se dégager de son étreinte, sans cesser de crier des menaces et des insultes, même si son visage était collé contre la pelouse. Marco se tenait au-dessus d'eux. Sa bouche remuait, mais je n'arrivais pas à comprendre ce qu'il était en train de dire à Leonard.

Un frisson me parcourut. Marco avait affirmé que le kidnapping était un accident, mais en tous cas il embauchait des mecs qui pensaient que ce genre de comportement ne posait pas de problème. Et s'il faisait du mal à Kylie... ou pire encore ?

Je fis glisser le panneau de la fenêtre vers le haut et fis voler la moustiquaire d'un coup de pieds. Puis à la vitesse de l'éclair je bondis sur le rebord et m'élançai dans les airs.

Je sentis le vent souffler autour de moi avec l'euphorie qu'un bon saut amenait toujours avec lui. Comme un déferlement de pouvoir que je pouvais presque saisir avant qu'il ne glisse entre mes doigts. Mon corps se recroquevilla, prêt pour l'impact. Je touchai le sol avec un *boum* qui fit trembler mes os, mais sans en briser aucun. J'avais fait pire.

Quand je me relevai, Marco était en train de me fixer

avec son regard indigo enivrant. Il me regarda, puis il regarda la fenêtre avant de poser de nouveau ses yeux sur moi. Puis il éclata de rire.

— Si tu voulais descendre, j'ai un très bon escalier.

J'ignorai sa boutade. Leonard s'était figé pour regarder ce qui se passait, mais il continuait d'écraser Kylie contre la pelouse.

— Ne lui faites pas de mal, dis-je. Lâchez-la. C'est ma meilleure amie.

Marco me regarda en haussant un sourcil.

— J'ai surpris ta meilleure amie essayant d'entrer chez moi par effraction.

— Parce que je *vous* ai surpris traînant Ren pour lui faire Dieu sait quoi, répliqua sèchement Kylie.

Elle parvint à incliner sa tête à un angle lui permettant de croiser mon regard.

— *Tu vas bien ?*

— Je vais bien, dis-je.

Physiquement parlant du moins. Sur le plan émotionnel... Mon trouble s'était effacé derrière cette vive sensation qui me démangeait dans la poitrine et devenait de plus en plus forte à chaque seconde supplémentaire que Kylie passait immobilisée, allongée sur le sol. Leonard ne faisait que suivre des ordres. Je lançai un regard noir à Marco.

— J'ai dit *Lâchez-la*. Elle essayait juste de m'aider. Vous ne pouvez pas lui en vouloir pour ça.

Quelque chose changea dans ses yeux tandis qu'il me fixait de nouveau. Une chaleur plus intense qu'auparavant se rassembla entre mes jambes. Ce n'était *vraiment* pas juste que ce mec puisse me faire mouiller ma petite culotte d'un simple regard, même lorsque j'étais dans une colère noire après lui.

Au moins, il écoutait. Il leva une main.

— Leonard, ça suffit.

Il s'exprimait d'une manière douce et égale, mais son assistant bondit en arrière comme si Marco avait aboyé l'ordre. Kylie se redressa, débarrassant son débardeur et son short délavé des brins d'herbe qui s'y étaient accrochés. À la seconde même où elle fut debout, elle me prit dans ses bras. Je la serrai à mon tour, ayant l'impression d'avoir la tête sur les épaules pour la première fois depuis que je m'étais réveillée.

La sensation ne dura pas. Marco s'éclaircit la gorge.

— Puis-je demander à ton amie comment elle a fait exactement pour nous trouver ?

Kylie se détacha, mais garda un bras protecteur enroulé autour de moi. Elle mesurait quinze centimètres de moins que moi, et de corpulence sèche en plus de ça, mais je savais à quel point elle pouvait se battre férocement si elle y était obligée.

— Je me rendais au bar pour retrouver Ren, dit-elle. Et j'ai vu ton mec, là, la fourrer à l'arrière d'une voiture. Elle était visiblement inconsciente. Il est parti avant que je ne les rattrape, mais j'avais réussi à relever le numéro de la plaque d'immatriculation. À partir de là...

Ses lèvres se retroussèrent en un rictus.

— Disons que je connais des gens qui savent comment rentrer dans les bonnes bases de données. Et les caméras de circulation sont géniales.

Le regard de Marco se tourna vers les feux de circulation situés au bout du long pâté de maisons de banlieue. Il secoua la tête, semblant presque amusé. Kylie connaissait vraiment des gens - beaucoup de gens. Quasiment quoi que vous vouliez, elle pouvait trouver quelqu'un qui pouvait s'en charger. Elle avait engrangé beaucoup de faveurs au fil des ans.

Crois-moi, je n'apprécie même pas la plupart d'entr' eux, m'avait-elle dit une fois, après avoir descendu la moitié d'une bouteille de vin bon marché. *Mais il vaut mieux fréquenter des gens et savoir jusqu'à quel point tu peux leur faire confiance plutôt que de ne jamais savoir ce qu'ils pourraient être capables de faire.*

— Et est-ce que la police est vraiment en chemin ? demanda Marco.

— Tu aimerais bien savoir, rétorqua Kylie, mais d'après son tic aux yeux, je savais qu'elle était en train de bluffer.

Aucune de nous n'avait une grande confiance en la police. Elle était en train d'essayer de me sauver seule.

Apparemment, Marco était aussi capable de détecter le mensonge.

— Eh bien, tu as retrouvé Ren et tu peux voir qu'elle va bien, dit-il. La situation est compliquée. Et elle ne te concerne pas. Alors aussi merveilleux qu'ait été le fait que tu sois passée, je vais devoir te demander de partir maintenant.

Kylie tendit son menton.

— mmh mmh. Hors de question. Il est évident qu'il se passe quelque chose de louche ici. Viens, Ren. Foutons le camp.

On pouvait le faire. Marco ne fit aucun geste pour m'arrêter, il se contenta de me regarder d'un air interrogateur, attendant de voir ce que j'allais faire. Le fait de voir ça renforça ma détermination.

— Je ne peux pas partir maintenant, dis-je à Kylie. Il faut que je parle encore avec Marco.

Elle m'obligea à me tourner vers elle.

— Tu te fiches de moi ? Ce mec a l'air d'être un véritable escroc.

Je déglutis avec difficulté.

— Il sait quelque chose à propos de ma mère, dis-je.

Les yeux de Kylie s'écarquillèrent. Je ne parlais pas beaucoup de Maman avec qui que ce soit, mais ma meilleure amie était celle qui en avait entendu le plus, et de loin. Et elle était douée pour lire en moi, même lorsque je ne voulais pas montrer comment je me sentais, donc elle avait probablement une meilleure idée que je ne l'aurais souhaitée d'à quel point la disparition de ma mère me hantait.

— OK, dit-elle. Je comprends. Mais je ne veux pas non plus te laisser toute seule avec ces mecs. Si tu restes, je reste.

Bien sûr qu'elle allait dire ça. Ma gorge se serra. Il n'y avait aucun intérêt de discuter avec elle. Je me tournai vers Marco.

— Tout ce que tu me diras, Kylie peut l'entendre aussi. C'est le marché.

Nous nous fixâmes l'un l'autre pendant trente secondes. Puis Marco eut un petit rire.

— Très bien. Ça devrait être intéressant. Rentrez. On va faire un brunch.

Il partit d'un pas nonchalant vers la porte d'entrée, sans même regarder si nous allions le suivre. Je fis une grimace dans son dos, mais me hâtai de le suivre. Kylie enroula sa main autour de la mienne.

— Tu es sûr qu'il est réglo ? me murmura-t-elle.

— Il sait des choses qu'il ne pourrait pas savoir autrement.

Comme mon prénom entier que je n'avais dit à personne, même pas à elle. Et aussi que ça faisait seize ans que Maman et moi étions arrivées en ville.

Un souvenir de mon anniversaire juste quelques jours après que nous fûmes arrivées pour la première fois dans notre appartement d'East Village remonta à la surface. Les pièces étaient encore nues, un gâteau avec cinq bougies, posé sur le sol entre maman et moi. *Fais un vœu. Tu peux demander tout ce que tu veux. On commence une nouvelle vie.*

Marco nous conduisit dans un salon au premier étage. Tout comme la chambre dans laquelle je m'étais réveillée, les meubles étaient tous raffinés, des antiquités semblant hors de prix. Kylie et moi nous nous assîmes l'une à côté de l'autre sur un canapé matelassé en velours.

Une femme d'âge mûr avec des cheveux gris-blonds aux boucles serrées se glissa dans la pièce et posa des assiettes pleines de saucisses, d'œufs brouillés et de tartines beurrées sur la table basse en acajou devant nous. La bonne odeur me mit l'eau à la bouche. Je n'avais pas mangé depuis le goûter que j'avais pris la veille. Je pris une des assiettes et une fourchette qui avait l'air d'être de la véritable argenterie et je commençai à manger.

Kylie examina le festin.

— Putain, ça a l'air bon.

Elle prit elle une assiette et goba une énorme

fourchetée d'œufs. Ses yeux roulèrent en une expression d'extase. Puis elle pointa sa fourchette vers Marco. Ce dernier était appuyé contre le manteau de la cheminée vide, ses bras nonchalamment croisés devant lui, nous regardant avec un petit sourire.

— Alors, quelles sont tes nouvelles à propos de la mère de Ren? dit Kylie. On a des oreilles, même si on est en train de manger.

Je levai la tête, avalant un morceau de saucisse. Marco passa son pouce sur ses lèvres fermes et parfaites. Je n'étais définitivement pas en train de penser à l'effet que pourrait avoir le fait de les embrasser pendant que j'attendais sa réponse assise au bord de mon fauteuil. Mon cœur avait recommencé à battre la chamade.

— Peut-être devrais-je d'abord demander ce que *vous* savez à propos d'elle, dit-il sur son habituel ton léger.

— Pas grand-chose, dit Kylie. Seulement ce que Ren m'a racontée. Elle n'était plus dans le décor quand je suis arrivée.

— Je commence à avoir l'impression qu'elle n'était « plus *dans le décor* » depuis un long moment.

Marco me lança un regard pour obtenir une confirmation.

Je hochai la tête, hésitant à donner des détails. Je n'en savais pas encore assez à propos de ce type pour savoir avec certitude à quel point je pouvais lui faire confiance.

— Elle voyageait beaucoup en dehors de la ville, dis-je. La dernière fois, elle n'est pas revenue à la maison.

— Et ça date de quand ça ?

—Tu as vraiment besoin que je te le dise ou tu le sais déjà ?

L'expression sérieuse que je n'avais fait qu'entrapercevoir avant revint, une ombre traversant brièvement son beau visage.

— Je te promets que je ne suis pas en train de te jouer un tour. Je veux comprendre ce qui s'est passé autant que toi. J'espère qu'entre nous deux, nous arriverons à rassembler assez de pièces du puzzle pour y voir plus clair.

Il avait l'air sincère. Je ne ressentais aucune autre émotion dans sa posture que son inquiétude et une petite frustration qui selon moi était compréhensible. Mais il ne *m'*avait encore pratiquement rien dit.

— Pourquoi tu ne... commençais-je.

Marco pencha la tête sur le côté comme s'il avait entendu un bruit. Un instant plus tard, celui-ci atteignit également mes oreilles : le faible ronronnement du moteur d'une voiture. Il marcha à grands pas vers la porte.

— Je suis désolé, dit-il. Ton amie n'est que la première des invités à venir te voir aujourd'hui. Tu es populaire.

Il me fit un clin d'œil avant de s'éclipser dans le couloir.

4

Ren

— Tu sais que cette situation est complètement délirante, pas vrai ? dit Kylie en s'appuyant sur le dossier du canapé.

Elle lança un morceau de tartine plié en deux dans sa bouche et se mit à mâcher vigoureusement. Je n'avais jamais réussi à comprendre comment elle pouvait manger assez pour rivaliser avec un rugbyman et garder sa mince apparence.

— Ouais, c'est ce que je me suis dit des centaines de fois.

Je me frottai le front.

— Je suis désolée de t'avoir mêlée à tout ça, Ky.

Elle me donna gentiment un coup de pied au genou.

— Ne sois pas ridicule. Je suis contente d'être ici. Je peux t'aider à filer si les choses deviennent encore plus barrées. Et je suis aussi plutôt curieuse de découvrir le grand mystère à propos de ta mère.

— Si Marco sait vraiment quelque chose à propos d'elle.

Je commençais à avoir l'impression qu'il ne l'avait pas vue depuis encore plus longtemps que moi. Mais à la manière dont il m'avait parlé... à la manière dont il m'avait *regardé*... Il savait quelque chose, quelque chose de gros, qu'il ne m'avait pas encore dit.

Était-ce pour ça que mon corps réagissait avec autant de passion en sa présence ? Je n'avais jamais eu une réaction aussi intense face à un homme auparavant. Bien sûr, je ne pouvais pas dire que j'avais déjà rencontré un homme ne serait-ce qu'à moitié aussi beau que lui avant...

Comme si elle lisait dans mon esprit, Kylie haussa les sourcils.

— Je dois dire que tu as une chance extraordinaire dans le rayon des kidnappeurs mystérieux. Ce mec est canon.

Je ne pus m'empêcher de rire, même si mes joues rougirent.

— Ouais, j'ai remarqué ça aussi.

— Ooh.

Kylie me donna un autre petit coup avec son pied.

— Peut-être que Ren a des motifs secrets pour vouloir rester dans le coin. Je suis choquée. Tu n'as jamais été gaga à cause d'un mec avant.

— Je n'ai jamais vu un mec comme lui, marmonnai-je.

De l'autre côté de la maison, la porte d'entrée se referma violemment. Je tendis l'oreille pour distinguer la voix de Marco ou celle de notre nouvel arrivant, mais je ne parvins à entendre ni l'une ni l'autre. Qu'entendait-il quand il avait dit que des gens venaient pour *me* voir ?

Comment ces autres « invités » s'intégraient-ils dans le secret qu'il n'avait pas encore révélé, quel qu'il soit ?

L'incertitude prit le pas sur ma faim. De toutes façons, j'avais vidé la moitié de l'assiette. Je reposai cette dernière sur la table basse. Le rugissement d'un autre moteur de voiture s'arrêtant à l'extérieur traversa les murs. Je me trémoussai sur mon fauteuil. De quoi étaient-ils en train de parler dehors ?

Ma main remonta vers mon médaillon. Il avait été la pierre angulaire de mon réconfort au cours des sept dernières années. Toutes ces années d'attente avant d'avoir le droit de l'ouvrir.

Je l'avais ouvert... et avant la fin de la journée, l'assistant de Marco était arrivé. Je regardai l'ovale en or gravé. Ce lien ne m'était pas apparu avant. Mais comment le fait d'avoir ouvert le médaillon avait-il mis Marco, ou n'importe qui d'autre, sur mon chemin ?

Je l'ouvris et observai le symbole qui se trouvait à l'intérieur. *Qu'essayais-tu de me dire, Maman ? Pourquoi m'as-tu fait attendre pour voir ça ? Je ne comprends rien.*

— Tu l'as ouvert ! dit Kylie en s'asseyant.

Exact. Je n'avais pas vue Kylie depuis avant que je n'ouvre le médaillon pour la première fois. Elle se pencha en avant et je le tins devant elle pour qu'elle puisse l'inspecter.

— Je suppose que cette image ne te dit rien, dis-je.

— Nan. Ça devrait ?

—Je ne sais pas.

Juste une question sur ma liste qui s'allongeait rapidement.

Le collier n'apaisait en rien mes inquiétudes en cet

instant. Au lieu de ça, je tendis ma main vers ma poche, et je sentis le cercle dur du miroir que j'y avais glissé quand j'étais à l'étage. Je le sortis et passai mon pouce sur la surface froide et polie. Mes nerfs se calmèrent un peu.

Je n'aimais pas penser à tous les vols mineurs que j'avais commis quand j'étais plus jeune, mais le fait d'être capable de simplement *prendre* ce que je voulais, quand je le voulais me donnait toujours un sentiment de contrôle. Et j'avais grandement besoin de ce sentiment-là tout de suite.

Une troisième voiture s'arrêta à l'extérieur. Mes épaules se contractèrent. Combien de personnes allaient venir ? Quand Marco allait-il m'emmener à ce rassemblement qui semblait tourner entièrement autour de moi ?

— Tu ne crois pas que c'est une sorte de truc de crime organisé, n'est-ce pas ? demanda Kylie. Est-ce que ta mère t'a déjà semblé tremper dans quelque chose de louche ?

Mon estomac se tordit à cette pensée.

— Je suppose qu'elle aurait pu, dis-je. On était quasiment tout le temps ensemble, mais elle faisait ces voyages et elle aurait pu organiser des coups au téléphone.

Elle avait toujours l'air tendue et un peu triste quand elle revenait de ces voyages. De plus en plus après chacun d'entre eux.

— Elle faisait toujours super attention à ce que nous fassions profil bas. Ne rien faire qui pouvait attirer l'attention. Mais elle agissait comme si elle était plus inquiète pour *moi* que pour elle.

Et d'après mes souvenirs, elle n'avait pas dégagé ces ondes insensibles que j'avais perçu chez tous les criminels que j'avais pu croiser. Celles-là même que je dégageais probablement un peu à présent, même si j'avais laissé cette partie de ma vie derrière moi.

Des voix filtrèrent à travers la porte du salon. Je remis le miroir dans ma poche. Les poils sur ma nuque se dressèrent, mais en même temps le frisson d'anticipation que j'avais ressenti lorsque j'avais vu Marco pour la première fois me parcourut de nouveau avec cette fois plus d'intensité qu'auparavant.

C'était le moment. C'était enfin le moment. Le moment de quoi, j'étais incapable de le dire. Mais c'était la sensation qu'avait mon corps.

Marco ouvrit la porte. Il passa la tête avec un sourire qui semblait plein d'autodérision, comme pour s'excuser.

— Tout le gang est là.

Puis il entra, laissant la porte ouverte pour que ses invités le suivent à l'intérieur de la pièce.

Quelques minutes plus tôt, je disais à Kylie que je n'avais jamais vu un homme aussi sexy que Marco avant. Maintenant, tout à coup, je me retrouvais face à *quatre* hommes incroyablement beaux.

Marco traversa tranquillement la pièce et s'arrêta derrière un fauteuil, posant ses avant-bras musclés sur le dossier arqué de celui-ci. L'homme qui entra après lui était encore plus musclé, avec de larges épaules carrées et un torse baraqué qui complétait son imposante stature. Ses yeux brun foncé étaient encore plus intense que la couleur noisette de ses cheveux.

Le regard de monsieur Muscles se fixa directement sur moi, et un sourire chaleureux retroussa ses lèvres. Des picotements semblables à des décharges électriques parcoururent ma peau. Il traversa la pièce en quelques enjambées maîtrisées et puissantes et s'arrêta à quelques mètres de Marco, ses yeux toujours rivés sur moi.

L'homme suivant entra ensuite à une allure plus rapide. Il était plus trapu, mais il avait des épaules tout aussi larges et une mâchoire carrée très séduisante. La grâce royale de sa démarche donnait l'impression qu'il était aussi grand que les autres. Les rayons de soleil qui traversaient la fenêtre faisaient scintiller ses cheveux clairs d'une couleur dorée rappelant la chevelure d'un prince Disney. Il s'arrêta au milieu de la pièce, me fixant avec un regard bleu transparent qui paraissait à la fois rempli d'espoir et inquisiteur.

Le dernier homme entra d'un pas raide et avec un air méfiant qui attira mes yeux vers lui. De quoi s'inquiétait-*il* ? À peine rentré dans la pièce, il s'arrêta et s'appuya contre le chambranle de la porte, croisant ses bras sur son torse fin et musclé. Même s'il n'avait pas l'air plus vieux que les autres, entre le milieu et la fin de la vingtaine tout au plus, des mèches argentées parsemaient ses cheveux auburn clair qui tombaient juste en-dessous de ses lobes d'oreilles. Elles conféraient une nature légèrement mystique à sa belle apparence autrement rustique. Lorsqu'il me regarda enfin, ses yeux vert foncé étaient tellement pénétrants que je me sentis clouée sur place.

Mon cœur se mit à battre encore plus vite. Ils étaient là. Je ne savais pas pourquoi c'était important, mais toutes les terminaisons nerveuses de mon corps étaient en train de s'agiter sous l'effet de l'excitation. J'avais du mal à reprendre mon souffle.

Kylie me décocha un regard qui disait *Tu y crois toi, ces mecs existent vraiment ?*

Non. Non je n'y croyais pas. Mais ils étaient là.

Et ils étaient *à moi*.

D'où pouvait bien venir *cette* pensée étrange ? Je fronçai les sourcils, mais avant que je ne puisse mettre de l'ordre dans le tourbillon des pensées et des émotions qui me submergeaient, Marco se redressa. Il m'adressa un regard complice, comme s'il savait exactement ce qui était en train de me passer à travers la tête.

— Nous y voilà, dit-il de sa voix traînante et indolente. Joyeux, Simplet, Prof et Grincheux, à ton service.

L'homme sur ses gardes à côté de la porte, à qui le titre de *Grincheux* semblait aller comme un gant, tourna sa tête pour le fusiller du regard. Notre hôte lui répondit par un grand sourire.

— Excuses-moi, dit-il. Tu connais déjà mon nom, Ren. Laisse-moi te présenter Nate, Aaron et West.

— Ren ? répéta Grincheux-West sur un ton incrédule.

Malgré ça, mon nom prononcé de sa voix basse et rauque fit courir un frisson le long de ma colonne.

— C'est comme ça qu'elle préfère qu'on l'appelle, dit Marco.

Simplet-Nate hocha la tête.

— Si c'est comme ça qu'elle veut se faire appeler, alors c'est comme ça qu'on l'appellera.

Sa voix grave de baryton était toute aussi chaleureuse que son sourire. Qu'il me destina à nouveau. Bon sang. Je commençai à avoir des palpitations. Tout ce sex-appeal dans une seule pièce était en train de me mettre en surcharge hormonale.

Mon prince Disney, Aaron, fit un pas prudent vers

moi. Je ne comprenais pas pourquoi Marco lui avait attribué le rôle de Prof. Peut-être à cause de son regard bleu vif qui était si pensif que j'avais presque l'impression qu'il était en train de m'étudier à travers une paire de lunettes.

— D'après ce que Marco nous a dit, il y a beaucoup de choses à propos desquelles tu as des doutes, dit-il.

Sa voix était égale et à peine audible, mais agréablement rauque.

— Peut-être pourrais-tu commencer par nous dire ce que tu sais. À quoi a ressemblé ta vie ? Ce que tu en as fait ?

— Je pense à beaucoup de choses que *j'*aimerais savoir maintenant, marmonna Kylie.

Mais d'une certaine façon, avoir les quatre hommes dans la pièce me mettaient plus à l'aise que l'inverse. Je ne les connaissais pas, ils étaient de parfaits inconnus. Pourquoi avais-je l'impression qu'il n'y avait aucun endroit plus sûr au monde où je pourrais être qu'ici avec eux ?

Cet étrange sentiment d'appartenance me délia la langue.

— Je vis ici - à New York je veux dire, depuis que j'ai cinq ans, dis-je. Une bonne partie du temps… une bonne partie du temps avec ma mère. Il n'y avait vraiment qu'elle et moi. Elle m'a donnée des cours à la maison et on explorait la ville, mais on ne parlait jamais vraiment à d'autres personnes.

— Alors tu te contentais de manger, de dormir, d'apprendre et de t'amuser un peu par-ci par-là, rien de très inhabituel ? dit Aaron

Il cherchait quelque chose de précis, mais je ne savais absolument pas quoi.

— Rien en dehors du fait de devoir rester entre nous. Du moins pas que je sache.

— Ne t'inquiète pas pour ça alors.

Il se tourna vers moi pour continuer.

— Mais cela a-t-il changé à un moment donné ?

— Eh bien comme je l'ai dit à Marco, ma mère partait en voyage de temps à autre. Quand j'avais quatorze ans, elle est partie en voyage, et n'est pas revenue.

J'hésitai, ma gorge se serrant. J'avais eu sept ans pour surmonter cette perte, mais la blessure était toujours aussi profonde. Je ne savais même pas si je devais être furieuse après Maman ou pleurer. M'avait-elle abandonnée par choix, ou est-ce qu'il lui était arrivé quelque chose là-bas, quel que soit l'endroit où elle était partie ?

— Tu es restée seule pendant sept ans ? dit Nate en secouant la tête. Ça a dû être dur.

J'eus envie d'aller vers lui et de le laisser enrouler ces bras musclés autour de moi. Mais comment avait-il su que sept années s'étaient écoulées depuis mes quatorze ans ? Est-ce que l'assistant de Marco avait entendu la conversation au bar à propos de mon vingt-et-unième anniversaire ?

— Au début ça allait, dis-je en ressentant le besoin de défendre Maman, même si personne ne l'avait ouvertement critiquée. Ma mère était propriétaire de l'appartement dans lequel on habitait. On avait un compte commun avec beaucoup d'économies pour payer la nourriture et les factures. Je pouvais me débrouiller. Mais ensuite... le concierge s'est rendu compte que je vivais toute seule. Il a appelé les services sociaux et la police. Je ne pouvais pas rester. Ils ont commencé à surveiller le compte bancaire, donc j'ai dû arrêter de l'utiliser.

Ma voix s'éteignit. Je baissais les yeux vers mes genoux. Je ne voulais pas parler du reste, de l'époque dans la rue, des alliances que j'avais dû former pour rester en vie.

— *C'était* dur. C'est tout ce que vous avez vraiment besoin de savoir. Mais je m'en suis sortie. Kylie et moi avons trouvé un appartement le mois dernier. Je travaille dans un entrepôt. Je vais bien.

Ma main se posa d'elle-même sur mon collier. Mon pouce titilla le fermoir, ouvrant et fermant le médaillon.

La mâchoire de West tressaillit. Le regard d'Aaron se posa brusquement sur ma main.

— Ce collier, dit-il, c'est ta mère qui te l'a donnée ?

— Oui. Juste avant son dernier départ.

Un sentiment des plus étranges s'insinua en moi, me disant qu'il était inutile que je lui dise que je ne l'avais pas ouvert avant la veille. Quelque chose à ce sujet me disait qu'ils le savaient déjà tous.

— Aaron est une vraie pie voleuse, taquina Marco. Il a l'œil pour tout ce qui brille.

Aaron l'ignora. Il fit un autre pas en avant, comme pour demander à voir le bijou. Mes doigts s'enroulèrent autour du médaillon. Kylie prit mon autre main et la serra de manière rassurante.

— Ce que j'*aimerais* savoir, dit West, ses yeux toujours plissés, c'est ce dont tu te souviens d'avant ton arrivée à New York.

Avant. Mon pouls fit une embardée. Je ne savais pas

pourquoi. Il n'y avait rien de très terrifiant à ce propos. Parce que la vérité, c'était que :

— Je ne me souviens de rien.

Ma voix chevrota. Je marquai une pause pour me reprendre.

— Je sais qu'on a déménagé ici et qu'on venait d'ailleurs, mais... Tout ce qui date d'avant n'est qu'un grand vide. Ma mère et moi n'en avons jamais parlé.

J'avais essayé de demander, une fois, quand j'avais dix ans. La bouche de ma mère était devenue si serrée et crispée que je m'étais sentie honteuse avant même que la question n'ait fini de sortir.

Tu n'as pas à penser à ça, avait-elle dit. *Pas avant un long, long moment.*

— Alors tu n'en as pas la moindre idée, commença West.

Avant qu'il ne puisse terminer sa pensée, Nate le contourna.

— Laisse-la tranquille, grogna-t-il. Je sais que tu es aussi capable que moi de sentir qu'elle est en train de la vérité. Tu crois vraiment que c'est juste de tout lui déballer d'un coup ?

West se tut, mais ça ne l'empêcha pas de jeter un regard noir à l'homme plus baraqué. Marco eut un petit rire, comme s'il trouvait leur chamaillerie amusante.

— Je ne comprends pas, dis-je en m'asseyant un peu plus droite. Vous continuez de parler comme si vous en saviez plus que moi à propos de tout ça, à propos de moi, et de ma mère. Qu'est-ce qui se passe vraiment ici ? Et d'abord pourquoi vous êtes tous *ici* ?

Et pourquoi vous me donnez l'impression que j'ai envie de

me jeter sur vous tous en même temps ? Mouais, j'allais garder cette question pour moi.

Le ton d'Aaron resta calme et égal.

— Nous te connaissons de bien avant, dit-il. Avant que tu n'arrives en ville, quand on était tous enfants. Le fait que tu ne t'en souviennes pas... Mon hypothèse, c'est que ta mère a effacé ces souvenirs pour que ce soit plus facile pour toi de ne pas te trahir.

— Trahir *quoi* ? Et qu'est-ce que tu entends par « *effacer* » ? Tu parles comme si elle m'avait jeté un sort ou quelque chose du genre.

Je ris un peu, mais les hommes ne semblèrent pas prendre ça comme une plaisanterie. Ils échangèrent un regard. Aaron passa sa main dans ses cheveux blond doré.

— C'est une façon de voir les choses.

— Disons juste qu'il y a *beaucoup* de choses que ta mère ne t'a pas dite, renchérit Marco.

Nate se tourna vers moi. La forte énergie protectrice de sa présence déferla sur mon corps, apaisant mes nerfs.

— Il y a quelque chose que tu dois savoir à propos de ce qu'on est et de ce que tu es, dit-il.

— Attends, interrompit West. Si on doit prendre des gants avec elle, d'accord. Mais celle-là n'a pas à entendre ça. Elle n'a pas sa place dans cette conversation.

Il montra Kylie du doigt.

Mes doigts se serrèrent autour de ceux de Kylie.

— Ma meilleure amie reste. C'est non négociable.

— Je ne crois pas que tu iras très loin en argumentant sur ce point, dit Marco. J'ai déjà essayé une fois.

— Ouais, dit Kylie. Je suis in-dé-bou-lon-nable.

West grimaça, mais Nate leva une main.

— Si Ren lui fait confiance, alors nous aussi on peut lui faire confiance. Les souvenirs de Ren n'ont rien à voir avec sa conscience émotionnelle.

— C'est contraire aux règles de briser le silence avec des non-semblables, ajouta Aaron. Mais je pense que juste pour cette fois, on peut faire une exception raisonnable.

— S'il vous plait, vous voulez bien tous arrêter de discuter de si vous pouvez le dire et le dire qu'on en finisse ? explosai-je. C'est quoi ce grand secret ? C'est quoi des « non-semblables » ? Que diable...

Je me tus lorsque Nate se rapprocha. Il s'assit sur la chaise contre laquelle Marco s'appuyait, de l'autre côté de la table basse, en diagonale par rapport à moi. Plus il se rapprochait, plus j'avais envie d'être près de lui, mais je restai figée sur place sur le canapé. Sa voix sortit aussi chaleureuse qu'avant, mais son regard brun profond était extrêmement solennel.

— Ren, ta mère t'a fait croire que vous n'étiez toutes les deux que des personnes ordinaires. Mais ce n'est pas le cas. Et nous ne le sommes pas non plus. Nous ne sommes pas humains du tout. Nous sommes des métamorphes.

5

Ren

Pendant les premières secondes qui suivirent les paroles de Nate, je fus incapable de faire autre chose que le regarder bouche bée. Je finis par retrouver ma langue.

— « Des métamorphes », dis-je. Qu'est-ce que ça veut dire ? Comment ça je ne suis pas humaine ? Comment ça *vous* n'êtes pas humains ? Regarde-nous !

— C'est un peu le but, princesse, dit doucement Marco. Nous *ressemblons* aux humains, mais quand l'envie nous prend, on peut se transforme… en quelque chose d'autre.

— Quelque chose comme *quoi* ?

— L'essence animale qui est liée à ton esprit, quelle qu'elle soit, dit Aaron. Elle est différente pour chacun de nous ici. Mais notre nature s'accompagne de pouvoirs supplémentaires, même quand on est sous forme humaine. Je suis sûr que tu as remarqué que tu étais plus forte, plus rapide et plus agile que tous ceux qui sont dans la même condition physique que toi, par exemple.

Mon cœur s'arrêta. J'étais devenue la meilleure voleuse de Fisher parce que mes petits doigts pouvaient voler des objets de valeur tellement vite que ma victime ne s'en apercevait jamais. Le chef magasinier m'avait regardé, étonné, quand je lui avais montré à quel point je pouvais facilement manipuler les cartons lourds. Comment Aaron était-il au courant ?

Oh ! Parce que si ce qu'il était en train de dire était vrai, lui et les trois autres hommes devant moi étaient exactement pareils.

— Oh mon Dieu ! dit Kylie en penchant sa tête vers moi. Il a totalement raison. Je connais des athlètes professionnels qui ne peuvent pas bouger comme toi. Je me suis toujours dit que c'était juste cool. Mais des pouvoirs surnaturels... c'est totalement logique.

Un éclat de rire sous-jacent filtrait à travers ses paroles. Elle n'y croyait absolument pas. Elle se tourna vers Aaron, ses yeux gris brillant.

— Elle est censée être médium aussi ? Je vous jure que dès fois elle sait des choses à propos des gens qu'elle n'aurait aucun moyen de savoir.

— Ky, protestais-je, mais c'était la vérité.

J'avais su exactement quel point sensible toucher pour faire renoncer ce mec dans le bar. Je percevais le parfum des émotions des gens tout le temps.

— Ça doit aussi faire partie de ton côté animal, dit Nate, mais j'étais si fébrile que même la riche sonorité de sa voix n'arrivait à m'apaiser.

Aaron acquiesça de la tête.

— De l'instinct pour lire le langage corporel, les phéromones dans l'air... nos sens vont au-delà de ce que n'importe quel humain ordinaire pourrait percevoir. Et on s'attend à ce que tu sois particulièrement sensible.

Je levai mes mains.

— OK. Alors peut-être que je suis un peu bizarre sur certains aspects. Mais je n'ai définitivement pas de « côté animal ». Je ne me suis jamais « transformée » en quoi que ce soit. C'est le seul corps que je n'ai jamais eu. Je suis à peu près certaine que si je m'étais transformée en quelque chose de totalement différent, je m'en serais rendue compte.

— Attends, dit Kylie. J'avais oublié cette partie. Vous vous transformez en *animaux*. Vous voulez dire, comme des loups-garous et toutes ces conneries du coup ?

Elle éclata de rire et me donna une tape à l'épaule.

— Ren, tu es un loup-garou ! C'est génial.

— Pas un loup-garou, grommela West depuis là où il se trouvait encore, embusqué près de la porte. Les humains qui racontent des histoires d'horreur ignorent totalement de quoi ils parlent.

— Soyons honnêtes, dit Marco. Il y a quelques similitudes. Mais on existe sous beaucoup d'autres formes que celle du loup ordinaire. Et la pleine lune n'influe pas vraiment là-dessus. Quand on veut se transformer, on le fait dit-il en claquant des doigts.

— Vous savez à quel point ça a l'air délirant, n'est-ce pas ? leur dis-je. Encore une fois, je le répète, je ne me suis jamais transformée en aucun animal. Pas en loup, pas en poisson rouge, nada.

— Il peut y avoir plusieurs raisons à ça, dit Aaron.

Sa voix posée était empreinte d'un enthousiasme académique. Il se balança sur ses talons, semblant encore plus rentrer dans le rôle du professeur - un professeur vraiment très sexy. Expliquer tout ça était à l'évidence de son ressort.

— Si tes souvenirs en rapport avec ta nature de métamorphe ont été enfermés, tu n'aurais pas pensé à utiliser ces pouvoirs. Tu pourrais avoir ressenti une envie, mais ne pas savoir ce que ça signifiait.

Mon dos se raidit. Cette sensation de griffures qui apparaissait dans ma poitrine quand j'étais prise par la colère, ou par d'autres sortes de passions. Comme s'il y avait quelque chose à l'intérieur de moi qui essayait de creuser pour sortir...

— Et, poursuivit Aaron, aucun de nous ne reçoit l'intégralité de ses pouvoirs avant ses vingt-et-un ans. Même si tu avais été pleinement consciente de qui tu es et de ce que tu es, la transformation aurait demandé plus d'efforts et aurait été difficile à maintenir très longtemps. Il est donc logique que ça ne soit pas arrivé d'office.

Nate se pencha en avant et posa sa grande main sur le côté du canapé, à seulement quelques centimètres de mon bras.

— Avant de partir, est-ce que ta mère t'a dit quelque chose à propos de ton vingt-et-unième anniversaire ? On t'a trouvée à cause d'une pulsation de sa magie qu'on a commencé à sentir hier. Je pense qu'elle devait vouloir que tu retournes vers les tiens.

Les yeux de Kylie s'écarquillèrent.

— Ton collier.

Je serrai le médaillon.

— Elle m'a donné ça avant de partir. Et elle m'a dit de ne pas ouvrir le médaillon avant mon vingt-et-unième anniversaire. Vous dites que *c'est* une sorte de magie ?

Après tout ce qu'ils avaient déjà dit, cette partie ne semblait plus particulièrement saugrenue. En fait, en réalité c'était tout aussi absurde.

West avait dû entendre l'incrédulité dans le ton de ma voix, peut-être parce qu'il maîtrisait extrêmement bien le scepticisme lui-même.

— On est tous là, n'est-ce pas ? dit-il. Crois-moi, ça aurait été beaucoup plus simple si on t'avait trouvée plus tôt.

— Non.

Je secouai la tête.

— C'est toujours insensé. Il se passe quelque chose de bizarre. Je vous l'accorde. Mais les gens ne se transforment tout simplement pas en animaux. Ma mère n'était pas une sorte de sorcière.

Kylie regarda les hommes les uns après les autres, frappant la base du canapé avec ses jambes.

— Ce serait très facile pour vous de le prouver si vous dites la vérité, pas vrai ? Vous avez dit que vous n'aviez pas besoin d'une pleine lune. Génial ! Allons-y pour une démonstration de métamorphe ici et maintenant. Votre public, impatient, attend.

Elle leur sourit.

Aaron hésita.

— Généralement nous ne nous dévoilons en dehors du cercle de nos semblables.

Je balayai son objection d'un geste de la main.

— Oh, je vous en prie. Si vous dites la vérité, vous

l'avez déjà « dévoilée ». Au moins si Kylie est là, je peux avoir la certitude que je ne suis pas en train halluciner.

Sauf que les hallucinations collectives existaient, n'est-ce pas ? Mais bon, je m'en inquiéterai si ces hommes commençaient vraiment à se transformer en animaux devant nous.

— Je vais le faire, dit Nate en se levant. Sinon comment nous croira-t-elle ?

Il retira son T-shirt en coton, révélant un torse encore plus fortement musclé que je ne l'avais imaginé. Puis il tendit sa main vers la braguette de son jean. Ma mâchoire était tout simplement sur le point de tomber par terre.

— Oh. Hum...

Une sensation de chaleur embrasa mon visage tandis que Nate enlevait son pantalon.

Marco eut un petit rire.

— Tu vas te rendre compte que les métamorphes, contrairement à l'humain lambda, n'ont pas les mêmes complexes quant au fait de se déshabiller. Ça fait partie de notre lot.

La bosse conséquente dans le boxer de Nate me donnait un aperçu clair du lot à suivre. Je détournai les yeux. Je n'avais jamais vu un homme nu, pas juste comme ça devant moi. Pas un étranger que je venais juste de rencontrer.

Kylie n'avait pas les mêmes états d'âme.

—Tu rates la meilleure partie du spectacle, Ren ! dit-elle en regardant avidement.

Puis son expression se figea. Sa voix sortit fluette et faible :

— Putain de merde.

Ma tête se retourna brusquement. Je n'aurais jamais cru que ma mâchoire pouvait se relâcher davantage, mais elle le fit.

Sous nos yeux, le corps de Nate était en train de... se transformer. Il n'y avait vraiment pas de mot plus approprié pour décrire ça. Les cheveux bruns sur sa tête poussaient pour le recouvrir tout entier d'une fourrure épaisse. Son torse s'élargit, ses hanches et son cou devenant plus larges. Son visage s'était déjà allongé d'un museau étroit.

La transformation complète acheva de parcourir son corps dans le laps de temps qu'il me fallut pour cligner des yeux. J'aurais pensé que ce genre de modification physique aurait été douloureuse, mais tout ça avait semblé totalement naturel. Presque... beau. Une envie élança mon corps de la clavicule aux intestins.

Une envie et une prise de conscience. Oui, c'était ce que les personnes comme eux étaient censées faire.

Les personnes comme *nous*.

Et à présent un majestueux grizzly se dressait sur ses pattes arrière devant moi. La tête de la bête effleurait presque le lustre au-dessus de nos têtes.

Non, pas *la bête*... *lui*. Même si mon pouls s'était accéléré, je savais qu'il s'agissait de Nate. Il se baissa et reposa ses pattes avant pour que nos yeux soient à la même hauteur. Son regard brun foncé semblait exactement identique à celui qu'il avait quand il m'avait regardé avec son visage humain à la beauté brute. Chaleureux. Protecteur. Le sentiment de reconnaissance au plus profond de moi m'attirait vers lui. Je levai ma main, mes doigts se recroquevillèrent puis se détendirent.

L'ours fit un pas prudent vers moi, inclinant sa tête pour que je puisse toucher la fourrure entre ses oreilles arrondies. Elle était drue, mais agréablement épaisse au toucher. J'éprouvai l'envie soudaine d'enfouir mon visage dans son cou, de me délecter de cette sensation et de son odeur musquée et poivrée. De sentir sa chaleur protectrice tout autour de moi.

C'était un grand prédateur, mais il ne me ferait jamais de mal. Il ne laisserait jamais quelqu'un d'autre m'en faire non plus. Je le savais, aussi sûrement que j'avais su que le connard du bar la veille au soir était en colère à cause de son ex.

— Voilà, dit West. Vous avez eu votre démonstration.

— C'est... Kylie gloussa, de manière un peu hystérique.

Je ne l'avais jamais vue se retrouver à court de mots avant. Sa bouche s'ouvrit et se ferma plusieurs fois avant qu'elle ne parvienne à continuer.

— Oh mon Dieu. C'est vrai. Vous êtes vraiment...

Elle se remit à rire.

Pourquoi n'étais-je pas aussi choquée ? Ce premier aperçu m'avait surprise, mais maintenant tout ce que je ressentais, c'était de l'émerveillement et cette impression de familiarité.

Peut-être que tout au fond de moi je savais que c'était vrai, même quand mon esprit avait rechigné à l'accepter. Je déglutis avec difficulté et quittai Nate des yeux pour regarder les autres hommes.

— Nate est un ours. Et vous autres, qu'êtes-vous ?

— Jaguar, dit Marco. Pas aussi impressionnant que

Nate en termes de taille, mais je compense ça par d'autres moyens.

Il afficha un petit sourire narquois.

— Je suis un métamorphe aigle, dit Aaron.

Il lança un regard vers West. Comme le grincheux restait silencieux, Aaron ajouta :

— Et West *est* effectivement un loup. La plupart des métamorphes appartiennent à une des quatre familles. Canidés, félidés, aviens et, eh bien, tout le reste. Il désigna tour à tour West, Marco, lui-même et Nate, esquissant un léger sourire en arrivant au dernier.

— Nous sommes chacun à la tête d'une de ces familles. Nous sommes les alphas, d'après la terminologie usuelle.

— Sérieusement, c'est le truc le plus incroyable qui me soit arrivé, dit Kylie. Alors quand est-ce qu'on pourra voir les autres « se métamorphoser » ?

— Je ne m'exécute pas sur commande, répliqua sèchement West.

Mais voir Nate avait suffi. J'étais convaincue. De tout sauf de la dernière partie, la plus importante. Nate frôla mon bras avec son museau et je le massai machinalement derrière les oreilles, cherchant le courage de poser la question qui, je le savais d'ores et déjà, allait bouleverser ma vie.

Pouvait-elle réellement être beaucoup plus bouleversée qu'elle ne l'était déjà ? Il fallait que je sache.

Je pris une profonde inspiration.

— Très bien. Alors on sait tout de vous maintenant. Peut-être que vous pouvez me dire... ce que *je* suis ?

En voyant le regard qu'Aaron et Marco échangèrent, je

me préparai à être forte. Ça n'avait pas l'air d'être bon signe. Les lèvres de Marco s'arrondirent, arborant son sourire en coin.

— Toi, ma Princesse des Flammes, nous autres faisons pâle figure à côté de toi. Tu es une métamorphe dragonne.

6

La jeune femme regardait Marco comme si elle n'arrivait pas à comprendre un seul mot de ce qu'il avait dit. Pouvait-elle vraiment être ignorante à ce point ? Comment avait-elle pu passer seize ans sans même sentir le pouvoir en elle, même si sa mère avait interféré avec ses souvenirs ? Je trouvai encore ça difficile à avaler.

— Une *dragonne* ? bredouilla-t-elle.

Nate, toujours sous sa forme d'ours, recula tandis qu'elle se mettait debout.

— Vous vous fichez de moi ?

— J'ai beau aimer plaisanter, à cet instant précis je suis totalement sérieux, dit Marco.

Ren- parmi tous les noms par lesquels elle pouvait se faire appeler, elle avait choisi un nom qui faisait penser à un petit oiseau fragile- fit un geste vague de la main.

— Au moins les ours et les loups etc. sont de *vrais* animaux. Les dragons n'existent ne sont même pas réels.

Son incrédulité, jouée ou réelle, était extrêmement irritante. Je m'écartai du chambranle de la porte et avançai d'un pas raide vers elle.

— Écoute, tu as posé la question. Tu as eu la réponse.

Je laissai mon regard errer sur sa silhouette fine mais tonique.

— Même si je dois bien admettre que je suis d'accord avec toi, là tout de suite tu as l'air d'avoir autant de feu en toi qu'une gerbe d'étincelles.

Elle se retourna pour me fusiller du regard, et je vis alors une once du pouvoir qu'elle portait en elle. Un scintillement derrière ses yeux marron brillant. Il enflamma le moindre centimètre de ma peau comme si j'avais été frappé par une pluie d'étincelles.

Bon sang. La seule chose qui était plus irritante que son comportement typiquement humain, était la force avec laquelle mon corps réagissait à elle, peu importe ce que je pensais. Je l'avais attendue bien trop longtemps.

Mais ce n'était pas comme ça que mon âme-sœur était censée être. Elle *était* censée être puissante, plus forte qu'aucun d'entre nous. Pas du genre à fuir le danger et à se cacher parmi les humains pendant seize ans. Nous ne savions pas s'il restait des métamorphes dragonnes. Nous ne savions pas ce qui pouvait les retenir loin de nous. Apparemment, ce n'était rien de plus que de la peur.

À quoi sa mère avait-elle pensé en nous la jetant en pâture maintenant, sans aucune idée de qui elle était ou du rôle qu'elle était destinée à tenir ?

Ren fit un pas de plus vers moi, et son odeur, sucrée comme des fraises et de la crème, flotta doucement autour de moi. Assez pour me donner une semi-érection. Son expression était tout sauf douce. Elle pointa son doigt en direction de mon torse, frôlant presque le tissu fin de mon T-shirt à col tunisien.

— Je fais de mon mieux, OK, gros dur ? dit-elle, ses yeux embrasés par l'irritation en cet instant. Essaye de voir ton monde entièrement chamboulé en l'espace d'une heure, et on va voir comment tu gères.

Techniquement, mon monde avait été chamboulé à l'instant précis où j'avais ressenti ce premier picotement de magie de dragonne, bien qu'elle soit distante. Mais je ne comptais pas le lui avouer. Surtout alors que ses lèvres se retroussaient dans une sorte de rictus.

— Et tiens, je te rends ta montre, dit-elle.

L'épais bracelet en métal pendait au bout de ses doigts. Qu'est-ce que... bordel...? Je regardai mon poignet, qui était en fait désormais nu. Venait-elle juste de me la *voler* ?

Le petit rire mélodieux de Marco résonna dans la pièce, ses yeux bleu foncé brillants.

— Tu sais bien qu'il ne faut pas chercher une dragonne.

J'arrachai la montre des mains de Ren, ignorant Marco. Les félidés étaient vraiment incapables de se mêler que de leurs affaires.

— *Je* ne l'ai même pas vue te l'enlever, dit Aaron avec son émerveillement digne d'un érudit.

Il était probablement en train d'avoir une érection juste parce qu'il avait la chance de parler à une dragonne en chair et en os au lieu de se fier à ses documents anciens dans lesquels il aimait se perdre.

Le vol avait été, peut-être- un tout petit peu impressionnant. Je refermai la montre autour de mon poignet avant d'observer Ren. Maintenant qu'elle avait retrouvé un peu plus de confiance en elle, j'arrivai presque à imaginer la vitalité d'une dragonne en elle. Ses yeux brillaient toujours, les boucles châtain foncé de ses cheveux retombaient devant ses épaules comme si elles avaient récemment été fouettées par le vent. Quel genre de dragonne ferait-elle après tout ?

Le besoin de voir la dragonne s'empara violemment de moi. Je croisai mes bras sur ma poitrine.

— D'accord, mademoiselle Étincelles. Tu connais quelques tours. Tu veux découvrir comment sont les vraies dragonnes ? Transforme-toi maintenant et tu le sauras.

~

Ren

Une lueur de défi brillait dans les yeux vert foncé de West. La bravoure à laquelle j'avais réussi à faire appel se dissipa.

— Je ne sais pas comment faire. Je ne sais rien de tout ça. Tu n'écoutais pas ?

Je lançai un regard vers Nate, la seule personne que j'avais vue « se métamorphoser », et je m'aperçus qu'il avait repris sa forme humaine. Il était justement en train de remettre son jean, son torse sculpté toujours nu. Une nouvelle vague de chaleur me parcourut à cette vision. Mais... si c'était comme ça qu'on se transformait...

Je levai les bras pour les serrer autour de moi, mes doigts s'enroulant autour des côtés de mon chemisier.

— Tu n'es pas obligée de te déshabiller, dit gentiment Aaron. Il est peu probable que tu arrives à te transformer entièrement à ton premier essai de toute façon. Et si tu y arrives…, il pencha sa tête vers Marco, je soupçonne notre hôte d'avoir plein de vêtements dans la maison dont il pourrait faire don.

Marco haussa les épaules. Sous la frange irrégulière de ses cheveux noirs, ses yeux bleu indigo semblaient soudain remplis d'un désir ardent. Ils brillaient plus intensément que le clou avec le saphir à son oreille.

— Les membres de mon clan vont et viennent ici. Je fais en sorte que les chambres soient bien fournies.

— Ok, ok, dis-je. Mais qu'est-ce que je dois *faire* ?

— Eh bien -tout d'abord, juste au cas où- dit Marco, je pense qu'on devrait déplacer tout ce petit monde dehors, vu la taille qu'on tendance à avoir les dragonnes. Je préfèrerai ne pas transformer cette pièce en une pile de gravats.

— Très bien.

Je ne savais pas ce que ses voisins penseraient si je me transformais brusquement en une énorme créature mythique, mais je trouvai encore cette possibilité difficile à croire pour commencer.

Kylie bondit sur ses pieds.

— Je ne vais pas rater ça !

Marco traversa la pièce. Nous sortîmes tous derrière lui.

À la seconde où j'entrai dans le jardin, je compris pourquoi il ne s'était pas inquiété à propos de la discrétion. La petite pelouse était entourée d'immenses pins de toutes parts.

J'avançai un peu plus au milieu de la clairière. Les

hommes se déployèrent en rang pour observer, Kylie ne tenant pas sur place à côté d'eux.

— Ferme les yeux, dit Aaron. Accède à ton fort-intérieur. Essaye de ressentir l'essence de ton âme qui circule en toi. Le cœur de ta nature. Puis saisis-la et libère-la. Elle aura envie de venir. Elle t'aidera.

West avait pouffé de rire au milieu de cet ensemble d'instructions, mais elles avaient beau ressembler à du charabia, je pensais savoir ce qu'Aaron voulait dire. J'*avais* senti l'essence circuler en moi avant, la contraction de ces griffes intérieures.

Comme si une espèce de bête attendait de sortir. Mais une dragonne ? Vraiment ?

Je me préparais à ce que j'allais découvrir. J'inspirai profondément et fermai les yeux comme il avait dit de le faire. Elle était là, en train de m'attendre. Ce fort picotement grattant contre mes côtes. Elle voulait sortir. Je concentrai mon attention sur cette sensation. *Dis-moi quoi faire. Dis-moi ce dont tu as besoin.*

Un frisson chatouilla mes muscles. Ils se tendirent comme pour essayer de s'ouvrir. Ma peau me semblait soudain serrée. Le picotement gonfla en moi, comme pour se libérer...

Et se contracta, loin de mes encouragements. Je fronçai les sourcils, gardant mes yeux bien fermés. *Viens. Je sais que tu en as envie.*

Un tremblement pur et simple descendit le long de ma colonne. J'essayai de m'accrocher à cet élan au plus profond de moi comme Aaron l'avait suggéré, mais il glissa à travers mes doigts.

Mes épaules s'affaissèrent. Je vacillai sur mes pieds,

l'épuisement déferlant sur moi. Je frottai mes yeux avant de les ouvrir. Depuis combien de temps est-ce que je travaillais là-dessus ? Ça ne m'avait pas semblé duré plus que quelques minutes, mais j'avais l'impression que je venais juste de courir un marathon.

Les hommes étaient encore en train de m'observer, West avec son expression cynique habituelle, Aaron avec l'air perplexe, Marco réfléchissant et Nate inquiet.

— Tu vas bien, Ren ? dit le métamorphe ours.

— Ouais, dis-je. Ouais.

Mais mes jambes tremblèrent lorsque je fis un pas vers eux. Kylie se rua à mes côtés.

— Je ne comprends pas. Je l'ai *sentie*, mais c'est comme si elle ne voulait pas venir...

Le pli sur le front d'Aaron se creusa.

— Ta mère n'a peut-être pas seulement effacé tes souvenirs, mais tes pouvoirs aussi. Pour qu'ils aient moins de chance d'émerger de manière inattendue. Mais je ne peux pas croire qu'elle ait fait quoi que ce soit de permanent. Elle a dû te laisser un moyen d'y accéder à nouveau.

— Tu n'as pas eu de ses nouvelles durant ces sept années ? dit West. Pas même un message ?

Je secouai la tête.

— Rien. Je ne sais même pas où elle est partie. Tout ce qu'elle m'a donnée, c'est le médaillon. J'ouvris celui-ci et regardai le symbole en forme de flamme à l'intérieur. Est-ce que ça vous dit quelque chose ?

Je tendis le bijou pour le leur montrer. Les trois autres lancèrent un regard rapide sur celui-ci puis leurs yeux se posèrent sur Aaron vers lequel je supposais qu'ils se tournaient pour les sujets qui exigeaient un gros travail de recherche. Il regarda la gravure, mais son visage continuait d'afficher une expression confuse.

—Non, dit-il. Je suis désolé.

— Elle n'aurait pas mis ce symbole dans le collier s'il n'était pas important, n'est-ce pas ? dit Nate. Il doit être destiné à nous dire quelque chose.

— Ça pourrait être quelque chose qu'elle espérait que les derniers alphas nous auraient dit.

Le sourire de Marco ressemblait plus à une grimace cette fois.

— Peut-être que c'est quelque chose sur laquelle je peux aider, renchérit Kylie. Je pourrai prendre une photo et la montrer autour de moi. Parmi tous les gens que je connais, il pourrait y avoir quelqu'un qui le reconnaîtrait.

Les quatre hommes avaient l'air sceptiques en entendant cette suggestion, mais ils ne connaissaient pas encore Kylie.

— Bien sûr, dis-je. Autant essayer.

Je penchai l'intérieur du médaillon pour capter la lumière du soleil afin qu'elle puisse le photographier avec son téléphone avant de ranger ce dernier dans sa poche et de passer ses doigts dans ses cheveux rose fluo ébouriffés.

— Si je dois faire le tour, ça veut dire que je dois y aller. Tu veux m'accompagner ? Tu sais que tu n'es pas obligée de rester ici avec ces mecs si tu n'es pas encore sûre de tout ça.

Je n'étais pas sûre de grand-chose, mais s'il y avait bien une chose que je savais, c'était qu'aucun de ces quatre mecs, ces quatre métamorphes, peu importait la manière dont j'étais censée penser à eux, ne me voulait du mal. Et soudain, je n'étais plus très sûre du monde à l'extérieur de cette maison.

Pourquoi Maman avait-elle été aussi effrayée ? De quoi nous avait-elle cachées ?

Je ne pensais pas vouloir le découvrir seule. Et en plus, entre mon bref endormissement médicamenteux de la nuit précédente, toutes les informations totalement folles qui m'étaient tombées dessus au cours de la dernière heure et mes tentatives ratées de transformation, le seul endroit où j'avais envie d'aller en cet instant précis, c'était dans un lit.

— Ça va aller ici, dis-je. Il est évident que j'ai beaucoup d'autres choses à apprendre, et je ne pense pas que quelqu'un puisse m'aider pour *ça* en dehors de ces mecs. Envoie-moi un SMS si tu découvres quelque chose.

Je me tournai vers Marco.

— Je suppose que tu as mon téléphone quelque part ici.

Il claqua des doigts.

— Je savais que j'avais oublié quelque chose. Je me suis dit qu'il valait mieux qu'on parle avant que je ne te le donne, au vu des circonstances.

— Est-ce ce que tu veux faire maintenant ? demanda Nate. Discuter davantage avec nous ? Il y a beaucoup d'autres choses qu'on peut te dire.

Une pression commençait à s'accumuler à l'arrière de mon crâne. Je frottai mon cou.

— En fait, je pense que j'aimerais avoir un peu de temps pour moi si ça vous va. Pour digérer tout ce que j'ai déjà entendu. Et peut-être faire une sieste. Voir son monde basculer, c'est un peu épuisant.

— La chambre à l'étage est à toi aussi longtemps que

tu le voudras, dit Marco. Je vais demander à Leonard d'aller chercher ton téléphone pour toi.

Tandis qu'il allait à l'intérieur, Kylie m'enveloppa dans une étreinte.

— Promets-moi que tout ça te va bien, me chuchota-t-elle à l'oreille.

Je fis un sourire crispé. Je n'étais pas tout à fait *bien*, mais ce n'était la faute de personne ici.

— Je viens juste d'apprendre que j'ai des super pouvoirs, dis-je. Comment avoir quelque chose à redire ?

Elle éclata de rire et me serra une dernière fois dans ses bras.

— Je te recontacte très vite, que j'aie des nouvelles ou non.

Elle se faufila entre les arbres qui entouraient la maison. Les hommes me suivirent à l'intérieur. West attira Aaron à l'écart, lui marmonnant quelque chose que je supposais être une nouvelle plainte à mon propos. Nate monta l'escalier avec moi. Je survolai le bois ciré de la rampe incurvée avec ma main. Apparemment, être un métamorphe signifiait également être riche, du moins pour certaines personnes. Ou peut-être que ça allait avec le titre « d'*alpha* ».

— Tu as un endroit comme celui-ci ? demandai-je au métamorphe ours.

Nate fit un grand sourire.

— Marco et moi avons des goûts assez différents. Et nos maisons appartiennent plus à nos positions d'alphas qu'à *nous* en tant que personnes. Mais j'ai quelques jolies propriétés que j'ai hâte de te montrer.

À l'étage, il me fallut quelques tentatives avant de

trouver la chambre dans laquelle mon aventure avait commencé. Je m'arrêtai dans l'embrasure de la porte, la conscience de la présence de Nate s'insinuant dans ma peau. Le souvenir de combien il s'était déjà dévoilé à moi remonta, et la sensation de chaleur se transforma pour prendre une tournure plus sensuelle.

Nate tendit une main et écarta une mèche de cheveux vagabonde de ma joue. Mon cœur s'emballa à son contact.

— Ça ira toute seule ? dit-il.

Qu'allait-il proposer exactement si je disais non ? Et est-ce que je voulais qu'il le propose ? L'espace d'une seconde, mon corps brailla sa propre réponse : oui, absolument.

Mais j'étais plus qu'un simple corps, et ma tête était trop pleine pour prendre des décisions claires en cet instant précis.

— Ça ira, dis-je. Merci.

Il enfonça d'avantage ses doigts dans mes cheveux et inclina ma tête vers lui tandis qu'il penchait la sienne. Ses lèvres effleurèrent mon front, et ma respiration se coupa. Il recula, me laissant plus rouge que je ne l'avais jamais été auparavant. Je déglutis avec difficulté.

— Prends tout le temps qu'il te faut, dit Nate.

Il inclina la tête. Marco arriva derrière lui en tenant mon téléphone.

— Comme promis, dit Marco.

Il me le tendit tandis que Nate partait d'un pas tranquille vers l'escalier.

— Est-ce qu'il y a autre chose qui manque à ton confort ?

— Je ne crois pas, dis-je.

J'entrai dans la pièce pour y jeter un coup d'œil, et Marco me suivit. Après tout, pourquoi ne devrait-il pas le faire ? C'était sa maison, et il pensait que je pourrais avoir quelque chose d'autre à demander. Mais sa proximité à mes côtés rendit de nouveau ma respiration irrégulière. Une sensation de chaleur parcourut mes veines.

Mon Dieu, comment pouvais-je être aussi excitée... et par quatre mecs à la fois ? Est-ce que les métamorphes provoquaient toujours cette réaction chez les autres ? Kylie n'avait pas semblé aussi affectée. Peut-être était-ce juste entre métamorphes.

Si je devais simplement accepter que j'en étais définitivement une.

— Aucune plainte ? dit Marco.

— Non, dis-je sincèrement. C'est la plus belle maison que je n'ai jamais vue.

Je me tournai vers lui au même moment, ce qui était peut-être une erreur. Il fit son sourire légèrement espiègle, me regardant avec le même désir intense que j'avais remarqué plus tôt. Un désir du même acabit déferla dans mon ventre et envoya des fourmillements au plus bas de ce dernier.

Il leva une main et fit courir ses doigts souples le long de la ligne de ma mâchoire, relevant ma tête vers le sien. Sa voix langoureuse baissa pour devenir un murmure.

— Et tu as les plus beaux yeux que je n'aie jamais vus. Ils sont tellement brillants qu'ils sont plus ambre que marron. Comme des flammes. On pourrait s'y perdre.

— Se perdre dans les flammes ? plaisantais-je dans une tentative timide de dissiper l'électricité entre nous. Ça a l'air plutôt dangereux. Il vaudrait mieux sortir vite.

— Peut-être que non, dit Marco. Je pense que ce serait une brûlure très agréable.

Comme si attirée par ses mots, une bouffée de chaleur se mit à brûler en moi. Marco pencha sa tête un peu plus près. Avant que je ne puisse reprendre le contrôle de moi-même, j'avais appuyé mes lèvres contre les siennes.

Il répondit à mon baiser avec un grognement d'encouragement. Sa bouche glissa contre la mienne, chaude et taquine, amadouant mes lèvres pour qu'elles s'ouvrent. Sa main glissa de nouveau pour s'entrelacer dans les cheveux à la base de mon cou. Partout où il me touchait, j'avais l'impression d'*avoir* pris feu.

J'agrippai ses épaules comme si je pouvais attirer nos bouches encore plus près l'une de l'autre. Sa langue caressait la mienne et je gémis dans sa bouche. Mes hanches s'arquèrent vers lui. Son autre main descendit le long de mes côtes, traçant un chemin de flammes à travers mes vêtements.

Je voulais faire disparaître ces vêtements. Je le voulais sur le lit, sur moi, en moi. Je voulais...

Mais qu'étais-je en train de faire, *bordel* ?

Je me détachais d'un mouvement sec de Marco. Mon corps protesta si vivement que c'était comme si je venais de nous séparer au sens littéral du terme. Marco laissa sa main retomber le long de son corps. Il me regardait avec ses yeux aux paupières lourdes, sans aucune trace de jugement ni d'accusation en eux.

C'était un étranger. Je ne l'avais rencontré que quelques heures plus tôt, après qu'il m'ait plus ou moins kidnappée. À l'évidence, toute cette discussion surnaturelle avait embrouillé mon cerveau.

Et c'était *moi* qui l'avais embrassé *lui*.

Mon visage s'embrasa de nouveau, mais de gêne cette fois. Et peut-être à cause d'un désir persistant. Ce n'était pas comme si j'avais arrêté d'avoir envie de lui parce que le bon sens avait pris le dessus.

— Je suis désolée, dis-je rauque. Je ne voulais pas... je ne sais pas si c'est quelque chose de normal entre métamorphes, mais ce n'est pas normal pour moi.

— C'est toi qui fixes les limites, Princesse des Flammes, dit-il. Je suis heureux de prendre tout ce que tu te sens prête à donner, mais quand tu dis stop, on arrête.

Il pencha sa tête vers le lit.

— Pourquoi ne pas prendre le repos dont je suis sûr que tu auras besoin ? On a encore beaucoup de chemin à faire.

7

Nous nous trouvions dans un compartiment privé dans un train, ma mère et moi. Le plancher cahotait sous mes pieds, et la fenêtre vibrait. Nous avancions à vive allure pour partir loin, très loin. Loin de la mauvaise chose qui me serrait encore la poitrine, même lorsque j'essayais de ne pas y penser.

Ma mère s'agenouilla pour se mettre à ma hauteur et prit ma joue dans sa main. Il y avait une lueur sauvage dans son regard qui faisait penser à un ciel orageux.

— Écoute-moi, Serenity, dit-elle d'une voix étouffée. Quelque part tout au fond de toi, là où personne ne pourra y toucher, tu dois te rappeler que tu es une dragonne. Tu dois *toujours* t'en souvenir.

Je la regardai en clignant des yeux avec une confusion enfantine.

— Bien sûr que je vais m'en souvenir, Maman. Je ne peux pas *ne pas* être une dragonne.

Un sourire triste se dessina sur ses lèvres.

— Oh, ma chérie. Pendant quelques temps, j'ai besoin que tu oublies. Du moins en surface. Mais tu as raison. Tu ne cesseras jamais de l'être.

Elle leva ses mains et appuya ses paumes contre mes tempes. Un voile d'obscurité envahit ma tête. Le décor pivota.

J'étais en train de courir avec ma mère à travers une forêt, sa main serrant fort la mienne. Tellement fort que ça me faisait mal. Ma respiration me piquait dans ma gorge. J'avais mal aux poumons. Je trébuchai sur une racine et elle me souleva dans ses bras en un instant. Nous courions et courions et...

J'étais accroupie derrière le grand vase du hall d'entrée, écoutant des rires de petites filles. Mon cœur cognait contre ma poitrine avec insouciance. Cette fois je serais la dernière qu'on trouverait. Cette fois, je serais la reine du cache-cache. Ils étaient peut-être plus vieux que moi, mais je...

J'étais assise dans l'herbe, la douce odeur des trèfles emplissant mon nez, un rire montant dans ma gorge. Une forme stria le ciel bleu clair au-dessus de moi. Des écailles brillantes couleur bronze comme ses yeux. Le battement d'ailes imposantes envoyait une brise réconfortante sur moi. Je tapai des mains.

« Maman ! »

Mes yeux s'ouvrirent brusquement, de retour dans le présent. Je fixai le mur en face de moi pendant une seconde tandis que le rêve s'estompait et que le monde réel redevenait plus net. Des fleurs dorées entrelacées dans le papier peint vert menthe. Un dessus-de-lit en velours niché sous mon menton. Un matelas délicieusement doux soutenant tendrement mon corps.

Les souvenirs affluaient. La maison de Marco. Les quatre métamorphes. Nate se transformant en ours. Les remarques sarcastiques de West. Les explications détaillées d'Aaron. Toutes les choses qu'ils m'avaient dites. Ma tentative de transformation ratée.

Les lèvres de Nate effleurant mon front. Celles de Marco fermement appuyées contre les miennes.

Je m'assis sur le lit, la chaleur m'enveloppant. Ouep, tout ça s'était vraiment passé. Et j'étais toujours ici.

Mon regard se tourna brusquement vers la fenêtre. La lumière du jour était encore plus pâle qu'elle ne l'avait été au cours de la matinée, mais elle perçait selon le même angle. Comme si c'était de nouveau le matin.

Mon Dieu, avais-je dormi une demi-journée et une nuit entière ? Tous ces rêves me donnaient le tournis…

Je marquai une pause, mes doigts s'enroulant dans le dessus-de-lit. Non, ce n'étaient pas de simples rêves, n'est-ce pas ? Je sentais la vérité en eux qui prenait la forme d'une douleur à la base de ma gorge. Ces évènements avaient été aussi réels que cette pièce. De véritables souvenirs de l'époque où j'étais une petite fille. Ils dataient de l'époque précédant le moment où nous étions arrivées en ville Maman et moi.

De l'époque où je savais que j'étais une dragonne. Quand je l'avais vue, montant en flèche au-dessus de moi, comme elle était censée le faire.

Les quatre alphas avaient dit la vérité. Maman avait

enfermé mes souvenirs. Elle m'avait pratiquement avoué qu'elle allait le faire avant de passer à l'acte.

J'étais une dragonne. J'étais une *dragonne*.

Je baissai les yeux vers mes mains, comme si des écailles et des griffes avaient pu pousser sur ces dernières. Nan, elles ressemblaient à la perfection à des doigts humains normaux.

M'étais-je déjà transformée ? Je n'arrivais pas à m'en souvenir. Je ne parvenais pas à déterrer de fragments de mon passé en dehors de ceux qui avaient flotté dans mes rêves. Aaron avait suggéré que ça aurait pu être plus difficile quand j'étais plus jeune, et je n'avais que cinq ans lorsque Maman avait enfermé ces parties de moi.

Pourquoi avait-elle fait ça ? Pourquoi n'avait-elle pas pu me faire confiance ? Du moins avant qu'elle ne soit partie errer on ne sait où…

La colère m'envahit, comme une morsure dans ma poitrine. Mais une autre douleur se referma autour de cette dernière. Elle me manquait. Elle me manquait tellement. Pas non plus seulement la Maman dont je me rappelais clairement. Mais aussi celle dont j'avais eu un aperçu, sauvage et puissante, et plus qu'humaine.

Est-ce que je la retrouverai un jour ?

Cette question semblait trop accablante pour que je reste là à essayer d'y répondre seule. Surtout sachant que j'avais apparemment perdu une demi-journée à me remettre des révélations de la veille. Je me glissai hors du lit, m'étirai et me regardai. Je portais le même T-shirt et le même jean depuis presque deux jours maintenant. Ils commençaient à avoir l'air un peu crasseux.

Marco avait dit qu'il avait beaucoup de vêtements de rechange. J'ouvris les tiroirs de la commode, et j'en trouvai un rempli de vêtements pour femme, bien que plus chics que ce que je mettais normalement. Je choisis un chemiser violet en soie et décidai que mon jean pouvait supporter d'être porté encore une fois tant que je faisais en sorte que le reste de ma personne soit propre.

J'avais vu une salle de bain quand je cherchais cette chambre la veille. Je me faufilai dans le couloir et m'éclipsai à l'intérieur de la salle de bain. À mon grand soulagement, il y avait un verrou sur la poignée intérieure.

Toute trace de tension glissait hors de moi, goutte après goutte, tandis que l'eau de la douche coulait dans mes cheveux et le long de mon dos. Je frottai mes mains sur mon corps, laissant l'eau chaude emporter deux jours de transpiration et d'incertitude.

J'étais une métamorphe dragonne. Je ne comprenais toujours pas complètement ce que ça impliquait, mais il y avait quatre mecs ici dans cette maison, en train d'attendre, pour m'aider à le découvrir. J'étais prête.

Je me séchai avec une serviette tellement douce que j'avais envie de m'enfoncer en elle et de ne plus jamais en ressortir. La chemise en soie collait un peu plus à mes formes que je ne l'aurais souhaité, mais au moins l'encolure arrondie ne dévoilait qu'une infime partie de mon décolleté. J'avais assez de mal à me retenir de toucher Marco, et soyons réalistes Nate aussi, sans porter en plus des vêtements qui criaient *Prends-moi*.

Peignant mes cheveux toujours humides avec mes doigts, je me dirigeai vers l'escalier menant au premier étage. Une odeur de beurre s'échappait de ce que je supposais être la direction de la cuisine.

La faim fit gargouiller mon ventre. Mon dernier repas composé de saucisses et d'œufs aurait tout aussi bien pu remonter à une année en arrière. Mes pieds me poussèrent plus vite de leur propre chef. Je me précipitai dans le virage de l'escalier et dérapai au bout de la marche suivante.

N'importe qui ayant assisté à la scène aurait pu penser que j'avais glissé et que j'étais tombée. Je supposais que c'était à peu près ce qui s'était passé. Mais cette chute me procura un sursaut d'excitation, et non de peur. J'ouvris les bras, comme pour étreindre cette sensation, puis les baissai pour m'aider à me rattraper en bas des escaliers. Mon genou heurta le sol avec un bruit sourd, mais je sentis à peine l'impact. Mon esprit planait encore.

Comme la dragonne dans mon souvenir. La dragonne qu'avait été ma mère.

Est-ce que c'était pour ça que je prenais autant de plaisir dans les sauts et les chutes ? J'avais toujours cru que c'était une sorte d'impulsion de casse-cou, mais peut-être que c'était simplement la sensation de voler qui me manquait. Une partie enfouie au fond de moi n'avait jamais entièrement oublié ça.

Une silhouette apparut dans le couloir. Trapue et musclée avec un éclat doré dans ses cheveux blonds : Aaron. Il portait une tunique en lin avec un col fendu qui offrait un aperçu de son, impressionnant torse hâlé. Son expression se détendit lorsqu'il me vit me redresser.

— J'ai entendu un bruit sourd, dit-il. Tu es tombée ?

Je haussai les épaules en lui souriant. Je n'avais pas encore parlé en tête-à-tête avec Aaron, mais j'appréciais l'approche prévenante avec laquelle il avait abordé ma situation. Des quatre alphas qui étaient venus me chercher, il était le seul qui semblait ne pas avoir d'attentes précises quant à qui je serais ou ce que j'allais faire. Il préférait observer qui j'étais vraiment.

— J'ai connu pire, dis-je.

Je fis un signe de la tête vers la spatule dans sa main.

— C'est toi qui cuisines ?

Il me répondit par un sourire.

— Tu as faim ? Personne n'est encore réveillé, pas même la cheffe de Marco. Je ne voulais déranger personne pour moi tout seul. La plupart des métamorphes sont plutôt du genre nocturne, mais je suis un peu un oiseau du matin.

Son sourire s'élargit comme s'il me mettait au défi de rire.

— Ah, ah, monsieur l'Aigle. J'espère juste que tu n'es pas en train de préparer des œufs.

Il brandit la spatule.

— Des pancakes. Viens. Je ferais mieux d'y retourner avant qu'ils ne brûlent.

— Je ne peux définitivement pas être responsable du massacre de tes pancakes.

Je suivis Aaron dans la cuisine. Il se dirigea droit vers la cuisinière où une énorme poêle à frire était en train de crépiter, puis il sortit une autre assiette d'un placard. Je m'arrêtai sur le seuil, bouche bée.

— Ouah.

La cuisine était aussi grande que la pièce commune ouverte de l'appartement que je partageais avec Kylie, avec des appareils en acier inoxydable à perte de vue.

— Ça c'est une cuisine.

— Je ne pense pas que Marco sache faire quoi que ça soit à moitié, dit Aaron. C'est le luxe total ou rien.

Il retourna les pancakes, envoyant un nouvel effluve de cette odeur de pâte pleine de beurre vers mon nez.

Je commençai à avoir l'eau à la bouche. J'allai à côté de lui pour vérifier si son œuvre était bientôt terminée.

Aaron me regarda.

— Te sens tu plus calme maintenant que tu as eu du temps pour réfléchir à tout ça ?

Sa voix était un peu plus douce que d'habitude, mais elle conservait encore ce côté un peu rauque séduisant. Ma prise de conscience de sa présence devint soudain évidente lorsqu'une sensation de chaleur parcourut tout le côté de mon corps. Nous étions assez près l'un de l'autre pour que je puisse sentir son odeur, un parfum aquatique et iodé qui me rappelait l'océan. J'avais envie de lécher sa peau.

Calme-toi, ma fille. Tu as l'esprit mal placé.

— Ouais, dis-je d'une voix brusquement enrouée.

Pourquoi est-ce que *chacun* de ces mecs avait cet effet sur moi ? Je suppose que j'ai été un peu chiante hier, hein ?

Aaron eut un petit rire.

— Pas du tout. C'était totalement compréhensible. J'aime les filles qui veulent connaître tous les faits au lieu de juste accepter tout ce qu'on leur dit.

Donc il *m*'aimait *bien* ? Oh, pourquoi est-ce que ça m'importait ? Mais c'était le cas. J'étais là, en train de jeter des coups d'œil vers lui à travers mes cils tandis que j'essayais de trouver la meilleure réponse pour le faire rire à nouveau.

— J'aime les hommes qui connaissent tous les faits, dis-je simplement.

Ça me valut un grand sourire. Je m'en contentai.

— Peut-être pas tous, dit Aaron. Mais j'aime en apprendre autant que je peux à propos des nôtres et de notre histoire. De mon point de vue, le seul moyen d'éviter de faire des erreurs dans le futur, c'est de comprendre son passé.

Une théorie solide.

— Ça devient plus difficile quand on ne se rappelle même pas son passé, marmonnai-je

—Je dois penser que ces souvenirs vont commencer à revenir maintenant que tu es de retour au bercail, si je peux m'exprimer ainsi. Ta mère n'aurait pas voulu que tu sois privée de tes pouvoirs pour toujours. Elle s'attendait sûrement à ce qu'on t'aide à les récupérer.

Il déposa les pancakes sur les assiettes qui attendaient, deux dans chaque, et les arrosa de sirop d'érable. Mes mains s'emparèrent de la première assiette lorsqu'il me la tendit, mais il y avait une question que je devais poser avant de tout enfourner dans ma bouche.

— Je ne comprends toujours pas... Comment est-ce que ma mère *a fait* pour vous dire de me chercher ? J'ai compris que ça avait un rapport avec le médaillon, mais à part ça...

Aaron me conduisit de la cuisine à une salle à manger beaucoup trop grande pour nous deux. Quatorze chaises étaient installées autour d'une table massive en bois de rose. Aaron posa son assiette au bout de la table, mais au lieu de s'asseoir, il se tourna vers moi. Je posai mon assiette moi aussi et appuyai mes coudes sur le haut du dossier de la chaise à côté de moi, attendant sa réponse.

— Quand on est nommé alpha, il y a toute une cérémonie.

Aaron leva sa main gauche, paume vers le haut, révélant une cicatrice faisant penser à des rayons d'un soleil au milieu de celle-ci.

— Cette marque nous lie au groupe de nos semblables et aux dragons. Le moment où tu as ouvert ce médaillon, la magie que ta mère avait utilisée, quelle qu'elle soit, s'est activée. Je l'ai sentie là, au milieu de ma main, avec le sentiment d'être guidé dans une direction. Mais je suppose que tous les métamorphes qui se trouvaient suffisamment près auraient été capables de le sentir. D'après mon entendement, c'est comme ça que Marco a envoyé son lieutenant en éclaireur pour retrouver ta trace.

Cette fois, je laissai mes pulsions prendre le dessus. Je pris la main d'Aaron dans les miennes.

— Puis-je ? dis-je, subitement le souffle court.

Il hocha la tête, ses yeux bleu clair fixés sur mon visage. Je le sentis alors, avec le martèlement de mon pouls.

Il n'*attendait* peut-être rien de moi, mais il voulait des choses. Le même genre de choses dont j'avais envie quand on se retrouvait aussi près l'un de l'autre.

Je détournai mon regard de son visage pour le poser sur sa paume. Mon pouce caressa cette dernière pour suivre les lignes de sa cicatrice. Il restait immobile, mais les muscles de son bras se tendirent. L'inspiration qu'il prit semblait légèrement saccadée. Je me demandai comment il réagirait si je déposais un baiser à cet endroit. Cette seule pensée envoya une onde de chaleur entre mes jambes.

Je déglutis avec difficulté et obligeai mon esprit à revenir à notre conversation. Il y avait quelque chose qu'il avait dit...

— Tu as dit que cette marque te liait spécifiquement aux dragonnes, dis-je. Pourquoi ? Je veux dire, est-ce qu'on ne devrait pas avoir notre propre alpha ou quelque chose du genre ? Où *sont* les autres métamorphes dragonnes ?

Mon cœur se mit à bondir, subitement rempli d'espoir. Avais-je de la famille, des grands-parents ou des cousins, ou qui sait d'autre encore, que maman et moi avions laissés derrière nous?

Aaron retourna sa paume, enveloppant ma main fine dans la sienne qui était plus grande. Il passa son pouce sur la peau délicate du dos de ma main, envoyant un frisson agréable dans mon bras.

— Les dragonnes ont toujours été les métamorphes les plus rares, et aussi les plus puissantes, dit-il encore plus doucement qu'avant, sur un ton presque révérencieux. D'après ce qu'on en sait aujourd'hui, tu pourrais être la dernière.

— La *dernière* ? répétai-je.

Les mots touchèrent une corde sensible en moi, mais il était difficile de réfléchir clairement alors que son pouce délicat glissait d'avant en arrière sur ma peau.

Aaron acquiesça de la tête.

— C'est pour ça que c'était si important pour ta mère de te protéger. Depuis aussi longtemps que les métamorphes marchent sur cette terre, les dragonnes parmi nous ont joué un rôle spécial, un rôle que personne d'autre ne peut remplir.

— Génial. Aucune pression.

Mon rire était saccadé.

— Alors, qu'est-ce que ça veut dire exactement ?

Le coin de sa bouche se retroussa.

—Les métamorphes dragonnes sont au cœur de toute la communauté des métamorphes. Elles unissent toutes les familles de métamorphes grâce à un lien spécial, en prenant les quatre alphas comme âmes- sœurs.

8

Ren

Le dernier commentaire d'Aaron n'était pas le genre de révélation que n'importe qui lancerait à une fille avant même qu'elle n'ait pris son petit-déjeuner. Je le regardai fixement, mes doigts se refermant autour des siens pour arrêter les caresses de son pouce... mais sans les lâcher. Parce que, alors même que le choc se répercutait à travers moi, une partie de moi bondissait pour accepter cette idée.

Oui. Ils étaient *miens*, eux tous.

Je secouai la tête pour chasser cette pensée.

— Attends. Juste pour être sûre, tu es en train de dire que si je suis la dernière métamorphe dragonne qui existe, mon « rôle » c'est de coucher avec vous quatre, les alphas ?

Le coin de sa bouche se releva.

— Non, pas seulement « coucher ». Le lien que forment les âmes sœurs métamorphes dure toute la vie. Tu seras notre compagne à tous, « jusqu'à ce que la mort nous sépare ».

— Ça l'air un peu... cupide, de prendre les quatre mecs les plus importants ... *et les plus sexy* ajoutai-je dans ma tête.

— Comme je l'ai dit, c'est considéré comme normal parce que ça permet d'unir les quatre familles de métamorphes. Je me suis plongé dans les archives anciennes, aussi loin que les métamorphes ont commencé à les conserver, et d'après ce que j'ai vu, notre communauté a toujours fonctionné de cette manière. C'est tellement naturel que c'est ancré en nous.

Il marqua une pause, observant l'expression sur mon visage. Sa voix baissa à une tonalité qui provoqua un frisson d'excitation en moi.

— Tu l'as senti, n'est-ce pas ? Cette attirance envers chacun de nous... tout comme on se sent tous attirés par toi.

J'avais le souffle coupé. Je ne pouvais pas détourner mon regard de ses yeux bleu brillant. J'humectai mes lèvres, et son regard se posa sur elles. Elles étaient aussi chaudes que s'il les avait déjà embrassées.

Comment aurais-je pu lui mentir alors qu'il me regardait comme ça ?

— Je l'ai senti, dis-je.

Ma voix sortit dans un murmure.

— Alors tu comprends à quel point c'est inné. À quel point c'est le destin.

Il leva ma main pour déposer un baiser sur mes articulations. La chaleur de ce contact s'étendit à tout mon bras et jusqu'au plus profond de moi. Je l'aurais peut-être attiré dans une sorte de baiser différent si quelqu'un ne s'était pas éclairci la gorge de manière plutôt grossière à cet instant précis.

Je m'éloignai d'Aaron en sursautant, me sentant rougir de honte. West se tenait dans l'embrasure de la porte de la cuisine, ses bras croisés dans son habituelle posture distante. Ses yeux vert foncé nous lançant des regards noirs.

— C'était peut-être comme ça que ça marchait avant, mais ça ne veut pas dire que c'est censé rester comme ça pour toujours, dit-il de sa voix grave et rauque.

Aaron posa sa main sur le bas de mon dos dans un geste rassurant. Ma gêne ne m'empêchait pas d'avoir envie de me rapprocher de lui.

Mais ce qui était le plus énervant, c'était que ni cette gêne ni le comportement d'abruti de West ne faisaient disparaître l'attirance que j'éprouvais aussi envers le métamorphe loup. Même quand je lui lançais les mêmes regards noirs en retour, une partie de moi mourrait d'envie de voir ce magnifique visage s'adoucir sous l'effet de l'affection. Quelques mèches de ses cheveux auburn et argentés retombaient sur ses pommettes anguleuses, et ma main avait envie de les faire passer derrière son oreille. De s'attarder ensuite sur sa joue.

Je serrai mon poing. Que ce soit le destin ou non, West ne se pâmait clairement pas devant moi.

— On a plus de raisons de penser que le système doit rester le même que l'inverse, dit Aaron. Ce modèle de stabilité a permis de maintenir l'équilibre entre les familles de métamorphes depuis des centaines, si ce n'est des milliers d'années.

— Comment sait-on que c'est ce système qui nous permet de maintenir l'équilibre entre nous? dit West. Peut-être aussi qu'on s'en serait très bien tirés sans.

La bouche d'Aaron se crispa.

— C'est une vision imprudente à adopter. Rejeter toute cette histoire pourrait nous détruire. Regarde comment les choses se sont passées en seize ans sans la présence des dragonnes.

West haussa les épaules.

— Parce qu'on attendait et qu'on tergiversait sans savoir quoi faire, sans nous autoriser nous-mêmes à prendre des décisions. Peut-être qu'il est temps. Peut-être que tout ce qu'il faudrait, c'est qu'on avance et qu'on emprunte un chemin différent.

Je ne me sentais pas assez liée à ces affaires pour essayer de défendre un camp ou l'autre. Et de toute façon mon esprit ne cessait de cogiter à propos de la révélation d'Aaron qui avait amené toutes sortes d'autres questions.

— Attendez, dis-je. Si c'est comme ça que ça a toujours fonctionné, avec les métamorphes dragonnes et les alphas... Ma mère devait avoir quatre compagnons, non ? L'un d'entre eux serait mon père. Est-ce qu'il est toujours... est-ce que vous savez qui c'est ?

J'essayais de ne pas trop espérer, mais un sentiment d'excitation montait en moi. Maman n'avait jamais été très disposée à parler de mon père, mais je m'étais toujours posée des questions. Surtout au cours des sept années qui avaient suivi son départ.

Puis je remarquai à quel point l'expression de West était devenue tendue. Aaron enroula sa main autour de ma taille.

— Toutes les métamorphes dragonnes ont quatre pères, dit-il. Ça fait partie de la structure unique de notre fonctionnement. Une dragonne ne peut naître qu'à partir des meilleures qualités des alphas de chacune des quatre familles : la loyauté des loups, la force des ours, l'ingéniosité des chats sauvages et la grâce des oiseaux de proie. Quand tout est en harmonie entre une dragonne et ses compagnons, une nouvelle dragonne peut être engendrée.

Je clignai des yeux.

— *Quatre* pères.

Mais la note solennelle dans sa voix ne m'avait pas non plus échappée.

— Que leur est-il arrivé ?

Il déglutit de manière audible.

— Les alphas qui nous ont précédés, ceux qui étaient les âmes-sœurs de ta mère, ils sont morts... nous transmettant cette responsabilité... juste avant qu'elle ne parte.

Je me retournai pour le regarder.

— Il y a seize ans ? Vous deviez être affreusement jeunes.

Il balaya mon inquiétude d'un geste de sa main qui n'était pas posée sur ma taille.

— Marco avait dix ans, West et moi onze, et Nate douze. On était assez vieux pour que nos mentors sachent qu'on grandirait en endossant ces rôles. Chaque alpha a des conseillers avisés, ceux qui étaient déjà en place nous ont assisté presque comme des régents jusqu'à ce qu'on soit en âge de nous jouer notre rôle.

Alors ils grandissaient comme ça, une génération après l'autre, des dragonnes et des alphas en osmose.

— On ne transmet pas le fait d'être un alpha à ses enfants, dis-je lentement en rassemblant tout ce qu'il avait dit. Je me trompe ? Est-ce que les alphas ne se mettent en couple *seulement* avec une métamorphe dragonne, et une seule ? Tous vos enfants seront des métamorphes dragonnes alors ?

— Et seulement à un quart nôtre, ajouta West derrière moi.

Aaron le regarda en fronçant les sourcils.

— Ce n'est pas que moins de nous va contribuer à concevoir une dragonne, pas moins que pour n'importe quel autre enfant. C'est qu'une enfant dragonne représente beaucoup plus que n'importe quel autre enfant.

Il reporta son attention vers moi.

— Tu as raison, le leadership ne se transmet pas de parents à enfants, du moins pas de cette manière. Ceux qui étaient les alphas avant nous étaient tes pères. Ils nous ont choisi au sein des familles parce qu'ils pensaient que nous serions de bons leaders... et les meilleurs partenaires pour leur fille.

Je ne savais pas quoi penser de tout ça. Quelques minutes auparavant, j'ignorais tout à propos de mon père... ou de mes pères. Je n'étais pas prête à ce que ce soit subitement eux qui choisissent les partenaires de ma vie future.

— Alors les *filles* n'ont jamais leur mot à dire dans tout ça ?

Les commissures des lèvres d'Aaron tressaillirent, sous l'effet de l'amusement pensai-je.

— Oh, tu as ton mot à dire. Si une dragonne a l'impression qu'un ou plusieurs des partenaires qui lui sont proposés ne conviennent pas, elle peut les rejeter et attendre que la famille de métamorphes concernée en présente un autre. Ou... Un autre métamorphe peut se battre pour prendre le rôle d'alpha à celui qui a été choisi. Si l'alpha qui a été choisi n'est pas assez fort pour se défendre contre l'attaque, alors c'est qu'il ne méritait pas cet honneur de toute façon.

— Est-ce que c'est arrivé aux alphas qui vous ont précédés ? dis-je avant de me rendre compte que ma question n'avait aucun sens.

Si les alphas précédents avaient été défiés et qu'ils avaient perdu, alors il était vraisemblable que les disciples qu'ils avaient choisis auraient été destitués eux aussi. Qu'est-ce qui avait bien pu arriver d'un seul coup aux quatre derniers hommes ?

— Non, dit Aaron.

Son visage se ferma.

— La situation était plus compliquée que ça. Je pense qu'il vaudrait mieux qu'on attende que d'autres souvenirs te reviennent avant de parler de ça.

Il me voyait visiblement comme une personne beaucoup plus patiente que je ne l'étais. J'ouvris la bouche pour insister et obtenir des réponses, mais West éleva la voix au même moment.

— De toute façon, rien de tout ça n'a d'importance. Ces décisions appartenaient aux anciens alphas, ceux qui nous ont précédé et ceux qui existaient avant eux. C'est à notre tour maintenant. On peut décider nous-mêmes de la manière dont nous faisons les choses. Et ça inclut le fait de t'*accepter* ou non.

La tension dans sa voix me fit serrer les dents. Quel partenaire il faisait. Je pivotai sur mes talons, mes yeux se plissant.

— C'est comme ça que tu montres la « loyauté » des loups qui est censée faire ta réputation ?

Ma pique fit mouche. Je le vis à la manière dont ses épaules se raidirent. Mais au moment où il répliqua, sa voix était ferme.

— Encore un élément de la longue liste de choses que tu dois apprendre, Étincelles : donnée aveuglément, la Loyauté n'a aucune valeur. Je suis d'abord et avant tout loyal envers mon espèce, et je le serai toujours. Envers toi ? Jusque-là je n'ai vu aucune raison de l'être.

— Eh bien toi non plus, tu n'inspires pas vraiment confiance jusqu'à présent, rétorquai-je.

— C'est bon.

Aaron leva ses mains dans un geste d'apaisement.

— Remettons cette discussion à plus tard, d'accord ? C'est une situation étrange pour nous tous. On a encore beaucoup de chemin à faire pour apprendre à se connaître les uns les autres avant que qui que ce soit ne décide quoi que ce soit.

Il serra mon épaule.

— C'est pour ça que je pensais qu'on pourrait voir ce qu'on peut faire pour activer tes pouvoirs. Peut-être qu'une fois que tu auras plus de tes sens de dragonne à ta disposition, il sera plus facile pour toi de suivre le chemin que ta mère semble avoir tracé pour toi.

Je détournai mes yeux de ceux de West, obligeant ma tête à sortir de mes épaules.

— OK. C'est quelque chose *que je pense me convenir*, en effet.

— Bien. On va manger, ensuite on verra ce qu'on peut découvrir de ce côté-là.

Son sourire me détendit un peu. Mais au moment où je tirai ma chaise pour m'asseoir, l'odeur des pancakes remontant de nouveau dans mon nez, une autre chose qu'il avait dit un peu plus tôt s'insinua en moi et me noua l'estomac.

Tu pourrais être la dernière.

La dernière des métamorphes dragonnes. Ça ne pourrait être vrai que si

Maman n'était plus de ce monde. Je savais qu'il pouvait y avoir une raison définitive qui faisait qu'elle ne revenait pas, mais je m'étais toujours refusée à m'attarder sur cette piste de réflexion. Mais les alpas, cependant, y avaient clairement songé.

Peut-être n'était-elle pas revenue parce qu'elle était morte. Parce que quelque chose, là où elle était allée, l'avait tuée.

9

Aaron

Les muscles du dos de Serenity se raidirent sous la pression de mes doigts. Je fis glisser mes mains en dessinant lentement une ligne entre ses omoplates, luttant pour me concentrer uniquement sur cette tâche et non sur mon envie impérieuse de toucher toutes les autres parties de son corps aussi. J'avais l'impression qu'elle était comme un fil électrique sous son chemisier en soie. Il y avait une telle puissance réprimée dans ce corps frêle. C'était époustouflant.

— Imagine les ailes en train d'attendre là, bien repliées, impatientes de se déployer, dis-je en gardant une voix calme et égale.

Je me mis à penser aux sensations que mon propre corps vivait, étant le seul autre alpha qui savait ce que c'était de se transformer en une créature ailée.

— Immerge-toi dans cette sensation. Envoie-leur la force dont elles ont besoin pour sortir.

Ma métamorphe dragonne grimaça, agenouillée sur la pelouse située à l'arrière de la maison. Ses doigts pâles étaient plantés au milieu des herbes hautes. Le soleil estival en train de se lever baignait le jardin d'une chaleur torride, créant une chaude odeur d'herbe fraîche qui se mêlait au parfum sucré et acidulé de son corps.

— J'essaye, dit-elle. J'essaye de faire tout ce que tu dis. Mais ça ne veut vraiment pas venir.

Elle laissa échapper un son de frustration.

J'étais incapable d'imaginer ce que ça faisait d'avoir une telle puissance coulant dans les veines sans pouvoir parvenir à la libérer. Peut-être que je la poussais trop. À cette pensée, je sentis ma poitrine se serrer. Au moins, West ne nous avait pas suivis dehors. Ses critiques constantes ne pouvaient être d'aucune aide pour faire avancer les choses.

— Hey, dis-je.

Je m'assis sur l'herbe à côté de Serenity et glissai mes doigts sous sa mâchoire pour tourner son visage vers moi. Elle me regarda, de la frustration brillant dans ses yeux couleur ambre. De la frustration et une chaleur qui s'intensifia lorsque j'effleurai sa joue avec mon pouce.

Mon Dieu, comment pouvais-je ne pas répondre à ce désir ? La même sensation de désir me parcourait.

— Ça va aller, lui dis-je. Tu as beaucoup d'années sans pratique à rattraper. Ça va venir.

Puis je me penchai en avant et l'embrassai.

Je laissai mes lèvres effleurer les siennes, légèrement au début. Elle venait juste de découvrir toute la vérité à propos de nos liens. Elle n'avait pas semblé réticente, mais elle n'avait pas sauté de joie non plus. C'était peut-être trop tôt.

Non. Elle s'appuya sur moi, pressant sa bouche plus fermement contre la mienne. La chaleur que j'avais ressentie avant m'embrasa.

C'était elle. Ma dragonne, mon âme-sœur. Je n'étais pas sûr d'avoir un jour la chance de la rencontrer, sans parler du fait d'être aussi proche d'elle. Toutes les parcelles de mon corps, y compris la longueur en train de durcir dans mon pantalon, réclamait d'en faire la vérité dans tous les sens du terme.

Je l'attirai plus près de moi, inclinant mes lèvres d'une manière qui soutira un soupir aux siennes. Je n'allais pas nous donner en spectacle ici, sur la pelouse de Marco, même si nous étions seuls pour l'instant, mais je n'allais pas non plus laisser les trois autres faire obstacle à cette alliance. Ils pourraient râler, faire les beaux ou jouer les chevaliers servants autant qu'ils le voulaient. Serenity avait besoin d'un compagnon qui était là pour elle tout de suite, de toutes les façons dont elle avait besoin.

Je n'ai jamais autant rien désiré que d'être cet homme.

Apparemment, malgré mes meilleures intentions, je nous donnais quand même en spectacle. La porte de derrière s'ouvrit dans un murmure. Avant que je ne trouve la volonté de m'arracher à ce baiser, le petit rire familier de Marco traversa la pelouse.

— Je crois qu'on a besoin d'un rappel sur les différences entre entraînement et roulage de pelle.

Je me calmai, posant mon front contre celui de Serenity juste un instant. Elle poussa un soupir dans lequel transparaissait comme un regret. Nous levâmes tous les deux les yeux et vîmes les trois autres alphas debout, en ligne.

— Parfois un peu de du deuxième peut aider à guider le premier, dis-je d'une voix légère en me levant.

Ren

Je me relevai et regardai en retour les alphas rassemblés. Cette fois, seule une légère gêne réchauffa mes joues.

Pourquoi n'aurais-je pas le droit d'embrasser Aaron ? Pourquoi les autres ne devraient-ils pas le voir ? J'étais censée les embrasser *tous* à un moment ou à un autre d'après ce qu'il avait dit. C'était pratiquement prédestiné.

Apparemment, tout ce dont j'avais besoin, c'était d'une toute petite excuse pour me transformer en une exhibitionniste totale. Qui l'eut cru ? Aucune de mes extentatives de brèves liaisons, ça c'était sûr.

— Si vous avez une meilleure idée pour libérer la dragonne là-dedans, dis-je en me tapotant la tête, je suis tout ouïe.

Nate pencha la tête, l'expression pensive. J'étais incapable de le regarder sans voir dans ma tête l'ours énorme qui s'était tenu à sa place pendant un court instant la veille. Ses cheveux châtains brillaient avec exactement la même teinte. Mais la manière dont il s'était comporté avec moi jusqu'ici évoquait bien plus un nounours qu'un prédateur.

— Si les stratégies d'Aaron ne fonctionnent pas, je ne suis pas sûr que l'un d'entre nous soit capable de trouver quelque chose de mieux, dit-il. Mais s'il y a quoi que ce soit que tu veux que je fasse, n'hésite pas.

— Peut-être qu'on devrait laisser l'aspect transformation de côté pour l'instant et voir ce qu'on peut faire avec les pouvoirs dont elle fait déjà preuve, dit West en lançant un regard sceptique sur mon corps. J'aimerais voir ce dont elle est capable.

Et ce que je ne pouvais pas faire, laissait sous-entendre son ton.

Je levai mon menton.

— Ça me va. Par quoi commence-t-on ?

— Quelles étaient ces qualités que tu as mentionnées ? dit West en regardant Aaron. La vitesse, l'agilité et la force ? La vitesse semble être un bon point de départ.

— Elle n'est pas vraiment habillée pour faire du sport, dit Nate.

— Elle ne va pas demander une pause et aller se changer à chaque fois qu'elle doit agir.

Je brossai le chemisier en soie avec mes mains. Lors de la plupart de mes exploits en ville, je portais un jean. Je me sentais parfaitement à l'aise dedans. Le chemisier était suffisamment léger et souple, juste plus élégant que ce que je prenais la peine de porter d'habitude.

— Tant que ça ne gêne pas Marco que j'abîme potentiellement ses jolis vêtements, je suis prête à y aller.

Marco esquissa un sourire en coin.

— Il y a largement de quoi faire. J'ai hâte de te voir en action, princesse.

— On peut commencer par quelque chose de simple, dit West comme si j'avais besoin de d'être dorlotée. À quelle vitesse tu peux aller en courant d'un côté à l'autre du jardin ?

— Plus vite que toi, peut-être, dis-je, mais il me lança un regard noir au lieu de relever le défi.

Je haussai les épaules et alla vers la rangée d'arbres qui bordait le jardin.

— Tu n'es pas obligée de t'embarquer là-dedans, dit Nate.

— Ça va.

Je leur souris à tous, avec un peu plus de mordant à l'attention de West.

— Si ça permet de le faire taire pendant quelques minutes, tout le monde y gagnera.

Marco leva la main devant sa bouche comme pour essayer de se retenir de pouffer de rire, en vain. West tourna son regard furieux vers le métamorphe jaguar. Celui-ci se contenta de lever un sourcil.

— Tu l'as cherché.

— Ça nous *serait* probablement utile de savoir exactement où en sont tes capacités, dit calmement Aaron. Es-tu prête ?

— À vos marques, prêt, partez, dis-je et mes pieds décollèrent du sol spongieux de la pelouse.

Je partis en courant vers l'étendue d'arbres située devant moi, dirigeant toute mon énergie dans mes jambes comme si un agent de police était à mes trousses. Ou une cible qui aurait compris qu'elle était victime de vol. Ou un mec qui ne voulait vraiment pas accepter qu'on lui dise non.

Toutes étant des situations que j'avais vécues au moins une fois.

Mes pieds martelaient l'herbe. L'air filait autour de moi, me réchauffant. Je dépassai à toute vitesse les premiers arbres et me reprenais en faisant demi-tour. Un grand sourire fendit mon visage. Ça avait été plutôt amusant.

Je revenais en marchant vers le bord de la pelouse en essuyant mes mains.

— Bon, qu'est-ce qu'on a ensuite ?

Je devais m'en être bien sortie. Marco, Aaron et Nate avaient tous l'air ravis, chacun à sa manière. Et West avait l'air énervé, ce qui voulait dire que j'avais fait mieux qu'il ne l'aurait souhaité. Je lui lançai un regard appuyé. Je n'avais même pas encore transpiré.

— Combien de temps tu peux continuer comme ça ? dit-il. Un sprint de neuf mètres, c'est un jeu d'enfant. Il faut aussi que tu aies de l'endurance.

— Tu as une piste plus longue sur laquelle je pourrais me lancer ? dis-je. Ou est-ce qu'es-tu en train de suggérer que je ne fasse que des allers-retours comme une tarée ?

Il m'adressa un sourire pincé.

— Tu ferais mieux de faire avec ce qu'on a.

Oh, il aurait aimé que je fasse machine arrière, n'est-ce pas ? Comme si je n'avais pas vécu des situations dix fois plus humiliantes que celle-là au cours des sept dernières années. Il n'avait aucune idée de ce qu'« endurance » signifiait. Je n'allais pas laisser son arrogance m'atteindre.

— Aucun problème, dis-je en gardant un ton désinvolte. Ça ne me dérangerait pas d'offrir un bon étirement à mes jambes de toute façon.

Je me lançai sans préambule cette fois. Je courus de l'autre côté de la pelouse à mon point de départ, puis je pivotai sur mes pieds et filai à toute allure pour refaire le chemin inverse. Une fois que j'eus trouvé un équilibre entre le rythme de ma foulée et celui de ma respiration, la sensation de brûlure grandissant dans mes muscles devint presque agréable. Je m'abandonnai à cette sensation, sans me soucier de compter le nombre de fois où je refaisais ces allers-retours. Je me contentais de les faire dans le jardin comme si... comme si je pourrais réellement décoller du sol si je repoussais mes limites un peu plus loin.

J'avais un peu transpiré et je me sentais glissante sous le chemisier en soie quand West bondit en avant au milieu d'un de mes sprints. Il balança un de ses pieds comme s'il voulait me faire trébucher. Mais mon instinct avait pris le dessus au moment précis où je l'avais vu bouger. J'avais déjà esquivé. Je ralentis et tournai sur moi-même, croisant mes bras sur ma poitrine.

— Vraiment ?

— On est aussi censés tester ton agilité, dit-il, ne semblant éprouver pas même une once de culpabilité.

— Et elle n'a aucun problème à te surpasser dans ce domaine non plus, dit Marco.

— On n'a pas encore fini.

West montra du doigt un des arbres les plus hauts au fond du jardin.

— A quelle hauteur tu peux monter ?

Son sourire suffisant était de retour. Il pensait probablement qu'en ville je n'avais pas eu beaucoup d'expérience avec les arbres. Et peut-être que c'était le cas, mais il y avait beaucoup de clôtures et de bâtiments à escalader.

— Est-ce que le sommet te conviendrait ? dis-je.

Je me dirigeai vers l'arbre sans attendre sa réponse. De toute façon, tout ce que j'obtins fut un marmonnement inarticulé.

Les branches les plus basses du pin saillaient du tronc étroit de ce dernier à environ trente centimètres au-dessus de ma tête. Suffisamment bas pour que je puisse quand même les atteindre avec mes bras tendus, mais je pliai mes genoux et m'élancer dans les airs pour arriver à suspendre mon coude juste sur l'une d'elles. Tout en la serrant, j'avançai en posant mes pieds sur le tronc jusqu'à ce que je parvienne à faire passer également mes jambes par-dessus la branche. Puis j'escaladai pour arriver à la branche suivante.

Une fois dans l'arbre, monter était beaucoup plus facile que West ne devait le penser. Les branches étaient si peu espacées que j'avais davantage l'impression de me hisser sur une échelle plutôt que de devoir relever un réel défi. Je parvins à m'en sortir aussi vite que je le pus sans perdre totalement mon souffle. De la sève maculait le tissu violet du chemisier, mais Marco avait dit de ne pas s'inquiéter pour ça. La très forte odeur du pin emplissait mon nez. Je la savourai avec un autre grand sourire.

Au fur et à mesure que je montai plus haut, les branches devenaient plus fines. Tout comme le tronc. Une brise chaude me fouetta, faisant se balancer la moitié supérieure de l'arbre. Je m'agrippai à l'écorce rugueuse et continuai mon ascension.

Lorsque je me retrouvais sans presque aucun aide pour grimper, à quelques mètres du sommet de l'arbre, j'enroulai mes bras autour du tronc et jetai un regard en bas. J'étais montée un peu plus haut que le toit de la maison de Marco. Dans le jardin, en-dessous, Nate leva son pouce en ma direction. Je ne pouvais voir l'expression de West, mais j'aurais parié qu'il était encore plus grincheux que d'habitude.

Et je pouvais le mettre encore plus en rogne. Mon sourire s'élargit lorsque cette envie me vint. La hauteur de la chute représentait deux fois mon saut depuis la fenêtre de la chambre de la veille, mais un petit risque supplémentaire ne pouvait que rendre les choses plus enivrantes.

Je m'avançai sur la branche et sautai.

L'air sifflait dans mes oreilles. Les manches du chemisier se gonflèrent autour de mes bras. L'espace d'une seconde, je parvins à imaginer le vent en train de s'accrocher à elles, me soulevant pour que je m'envole vers le ciel. J'eus le souffle coupé par un nœud provoqué par le désir juste en-dessous de mon sternum.

Quelqu'un laissa échapper un cri angoissé. Puis je heurtai le sol, la plante de mes pieds touchant ce dernier en premier. Poussant sur mes pieds, je pliai mes genoux pour faire une roulade. Je basculai sur mon épaule et atterri de nouveau sur mes pieds avant de me redresser dans un mouvement fluide. Mes pieds me faisaient un peu mal et ma respiration était toujours saccadée, mais bon sang, quelle sensation délicieuse.

Aaron m'adressa son sourire tranquille habituel.

— Il me semble que l'agilité n'est pas un souci. Et je pense qu'entre tous ces tests, on a aussi plutôt bien réglé la question de la force.

La mâchoire de West s'était serrée. Une lueur vacilla

dans son regard, exprimant une émotion que je n'arrivai pas à déchiffrer jusqu'à qu'il ouvre la bouche.

— Dans le monde réel, on ne fait pas ce genre de choses stupides, à moins que nos vies en dépendent.

Son ton était sarcastique, mais mes oreilles perçurent un faible tremblement derrière ce dernier. Je marquai une pause, une réplique sèche au bord de mes lèvres.

Il avait eu un peu peur pour moi malgré lui. Et il avait détesté ça, n'est-ce pas ? Il avait tellement détesté ça qu'il avait besoin que je me montre moi aussi sarcastique que lui en réponse pour qu'il puisse de nouveau être furieux après moi.

Dommage. Je ne comptais pas lui faire ce plaisir. Je lui donnerais l'exact opposé.

— Je ne vais pas me disputer avec toi à ce propos, dis-je en gardant une voix douce et égale. Il va falloir que tu fasses confiance au fait que je ne prends pas de risque sans savoir ce que je peux gérer. Et si tu as besoin de trouver une nouvelle raison pour t'énerver après moi, tu vas devoir en trouver une tout seul au lieu d'essayer de chercher à provoquer une dispute.

Le corps mince de West se crispa.

— Ne commence pas à penser que tu peux lire dans la tête des gens, mademoiselle Étincelles, dit-il, mais il semblait plus mal à l'aise qu'en colère.

Nate posa sa grande main sur mon épaule.

— Les dragonnes voient plus de choses que nous autres le pouvons, dit-il sur un ton approbateur.

Je frottai ma nuque. J'avais apprécié l'effort physique pendant que j'étais en plein dedans, mais le contrecoup commençait à se faire sentir. Surtout après toutes ces tentatives échouées de me transformer qui avaient précédé.

Bien sûr j'étais rapide et forte, et j'étais capable de deviner les émotions de quelqu'un s'il le fallait. À quoi tout ça pouvait servir aux alphas si je n'arrivais pas à effectuer une transformation complète en dragonne ? Je n'avais toujours pas la moindre idée de ce que Maman avait essayé de me dire avec le symbole sur le médaillon.

Combien de temps ces mecs resteraient-ils avec moi avant d'abandonner et de...

Je fus prise d'un sursaut de panique. Je mis un frein à cette pensée avant que mon esprit ne puisse aller jusqu'au bout de cette dernière et la repoussai.

— Je pense que notre Princesse des Flammes a plus que fait ses preuves pour ce matin, la voix douce de Marco vint rompre le silence. En tant qu'hôte de ce groupe, je dis de lui accorder une pause.

Il me tendit la main, accompagnée de son sourire cajoleur. Même fatiguée et indécise, ce sourire continuait à provoquer un brin d'attraction en moi.

— Il y a quelques parties de cette maison que tu n'as pas encore vues, dit-il. Et il y en a une en particulier qui te plaira je pense. Ça te dit une petite visite rapide ?

10

Ren

Dès que je mis un pied dans la maison avec seulement Marco à mes côtés, un poids sembla quitter mes épaules. Toute la pression des quatre hommes me regardant, pensant à moi... et moi pensant à *eux*. Une partie de moi avait beau apprécier l'idée qu'ils étaient tous destinés à être avec moi, ce sentiment n'en restait pas moi écrasant parfois.

Comment Maman était-elle passée de ça à n'avoir aucun compagnon du tout pendant toutes ces années, sans jamais montrer que ça lui manquait ? Ça devait pourtant être le cas. Peut-être qu'elle était juste tellement douée à le cacher que je ne m'en étais jamais aperçue.

Leonard était dans l'entrée principale, époussetant le cadre d'une peinture à l'huile suspendue au mur. Ainsi, Marco avait vraiment mis son lieutenant de corvée de nettoyage. Marco le fit partir, supposai-je, en se rendant compte que je pouvais encore ne pas me sentir d'humeur très amicale envers l'homme qui m'avait kidnappée dans un bar. Ça me convenait très bien.

— Alors quelle est la partie de la maison que tu as tellement hâte de me montrer ? dis-je à Marco.

— Tu verras.

Nous dépassâmes la cuisine avant d'emprunter un couloir menant vers l'aile sud de la maison, une de ses mains posées sur mon dos. Ce léger contact envoya une onde de chaleur qui parcourut ma peau. Mes pensées revinrent à la veille. À ce baiser dans la chambre. Le simple fait de m'en souvenir me fit rougir de la tête au pied.

Est-ce que l'attirance entre nous serait toujours aussi intense ? Ou s'atténuerait-elle une fois que ces hommes et moi serions officiellement des âmes-sœurs ? J'ignorais totalement comment fonctionnait une relation de ce type. Mais poser directement la question à Marco semblait bien trop embarrassant. Il savait probablement déjà à quel point sa présence m'affectait. La dernière chose dont je voulais parler avec lui, c'était de mon excitation incontrôlable.

— On y est.

Il ouvrit une porte et me guida à l'intérieur de la pièce. À la seconde où j'entrai, je restai bouche bée. Toute pensée sexuelle passa temporairement à la trappe.

Ou par les fenêtres serait peut-être plus approprié. Trois des murs de la pièce dans laquelle nous étions entrés étaient couverts par d'imposantes vitres, comme une énorme serre rattachée au côté de la maison. Les rayons du soleil de la fin de matinée filtraient dans la pièce à travers les arbres situés à l'extérieur, réchauffant la pièce d'une lueur réconfortante. La surface au sol n'était pas énorme, peut-être trois mètres sur trois, mais les murs s'élevaient dans les airs à une hauteur équivalente à au moins deux étages. Des corniches et des affleurements en forme de branches épaisses dépassaient des murs à intervalles variables. C'était comme regarder dans une jungle à plusieurs niveaux.

— Cette maison est une sorte de relais d'étape pour n'importe qui de ma famille qui voyage par ici, dit Marco, semblant ravi par ma réaction ébahie. Il n'y a pas beaucoup de place pour courir sous notre forme animale dehors. Cette pièce nous offre un endroit pour faire de l'exercice sous notre forme féline en toute intimité.

C'était facile d'imaginer des tigres et des léopards, et des jaguars, en train de sauter de branche en branche ou de prendre le soleil sur une des corniches. Mais toutes ces fenêtres... Les arbres ne semblaient pas offrir un abri total.

— Vous n'avez pas peur que quelqu'un se promène par hasard et vous voie ?

Marco fit un geste pour montrer les murs.

— Ce sont des vitres sans tain. De l'extérieur, on ne voit rien. On peut voir dehors, mais personne ne peut voir dedans. On peut faire ce qu'on veut sans avoir à nous soucier des regards indiscrets.

Marco me regarda en haussant un sourcil de manière espiègle. Celui qui était coupé par une cicatrice.

Comment l'avait-il eu ? Une bagarre avec un autre métamorphe ? Ou un autre conflit que je n'aurais pas encore compris ?

— Est c'est normal pour les métamorphes de vivre aussi près d'une grande ville comme New York ? demandai-je. Vous devez sûrement être vraiment très prudents, même avec une maison comme celle-ci.

Marco secoua la tête.

— Peut-être que c'est de l'entêtement félin, mais mon espèce n'est pas douée pour suivre les règles. En théorie, la majeure partie du pays est divisée entre les groupes surnaturels dominants. Les villes sont le territoire des vampires parce qu'ils trouvent que c'est l'endroit le plus facile pour se fondre dans la masse, et qu'ils ont besoin d'une grande réserve d'humains parmi lesquels choisir pour se nourrir.

Il grimaça.

— La plupart du temps, les métamorphes s'en tiennent aux petites villes et à la campagne, le juste milieu entre civilisation et vie sauvage. Mais les alphas de mon espèce ont toujours aimé garder un œil sur ce qui se passait, même là où ils n'étaient pas censés être.

Mes yeux s'étaient écarquillés.

— Attends. Il y a aussi des *vampires* ? Qui vivent à New York ?

— Pas beaucoup, dit Marco, mais son ton était devenu plus sérieux. Ils aiment garder leur communauté plutôt… exclusive. Mais il y a encore bien plus qu'assez de suceurs de sang. Si tu as de la chance, tu n'auras jamais affaire à eux.

Il trembla, puis m'adressa un sourire qui était plus dans ses habitudes.

— Allons, ne perdons pas plus de temps à parler d'eux. Que dirais-tu d'une vraie escalade ?

Maintenant que j'avais accepté l'existence des métamorphes, mon cerveau avait à l'évidence réévalué son seuil en termes de croyances. Si les loups-garous, les oursgarous et les jaguars-garous etc. existaient, pourquoi pas les vampires après tout ?

Je levai la tête vers la salle de sport façon jungle au-dessus moi, et toute la fatigue que j'éprouvais auparavant disparut. Oh, oui. C'était exactement ce dont j'avais besoin.

Je grimpai en m'accrochant à une protubérance en forme de saillie rocheuse. À partir de là, il ne fallait qu'un peu d'étirement pour sauter sur branche artificielle. Marco me suivit tandis que je montais plus haut, restant lui-même sous sa forme humaine. Peut-être pensait-il qu'il serait impoli de se transformer alors que je n'y arrivais pas ? J'étais trop occupée à explorer pour m'en soucier.

Ici et là, entre les branches et les corniches, des objets ressemblant à d'énormes cuvettes étaient bloquées par des cales, remplis de coussins moelleux.

J'enfonçai l'un d'entre eux tout en escaladant à côté d'un autre.

— Des lits pour chats ? dis-je en lançant un regard amusé à Marco.

Il éclata de rire.

— C'est ça. On aime notre sommeil.

Il s'arrêta sur une corniche à peu près à mi-chemin vers le deuxième étage, me regardant tandis que je terminai mon ascension vers le sommet. La branche la plus haute tournait à un certain angle sur tout le toit voûté en verre. Je l'escaladai et m'accroupis là où elle était courbée pour profiter du décor qui m'entourait.

Je parvenais à voir au-dessus du toit du reste de la maison depuis là, jusqu'aux sommets des pins de l'autre côté. Au sud, la route de banlieue était visible entre les arbres, s'étirant au loin. Une voiture roulait doucement en bas, le chauffeur totalement inconscient du fait que j'étais perchée là, en train de le regarder. La vue de la longue étendue qui retombait vers le sol au-dessous faisait battre mon pouls plus fort.

Si c'était comme ça que les métamorphes félins voyaient les choses, je devais bien admettre que j'approuvais totalement.

Je ne pouvais pas sauter à travers la fenêtre, mais il y avait ici toutes sortes de possibilités en termes de sauts pour descendre. Je tournai mon regard vers la salle qui se trouvait sous moi. La forme et l'emplacement des diverses saillies formaient en eux-mêmes leur propre sorte de défi. Je fixai mon regard sur une branche située plusieurs mètres en-dessous devant moi, contractai mes muscles et m'élançai vers elle.

Mes pieds touchèrent l'écorce artificielle en son centre avec un craquement. Je saisis les côtés de la branche pour me stabiliser, l'euphorie me submergeant. Sans me laisser le temps d'y penser, je remarquai une corniche appropriée et je poussai de nouveau sur mes jambes.

La sensation de chute libre me parcourut l'espace d'un instant avant que je n'atterrisse. Tellement vive et grisante. Je jetai un regard autour de moi et m'élançai de nouveau plus bas, vers un de ces couchages en forme de cuvette. Cette fois je me laissai retomber à quatre pattes. Je roulai sur mon dos et me pelotonnai au milieu des coussins.

— OK, dis-je. C'est presque aussi bien que la partie escalade.

— Et la partie sauts ? dit Marco en bondissant sur une branche qui se trouvait à proximité.

Ses yeux couleur indigo brillant.

— Tu es une jolie femme, ma Princesse des Flammes, mais tu es spectaculaire quand tu es aussi proche de voler. Ça t'illumine.

Ce compliment m'enflamma d'une manière totalement différente. Je me mis debout.

— Est-ce comme ça que tu traites toutes les femmes ? Tu les kidnappes et ensuite tu les séduis avec des flatteries et ta magnifique maison ?

Ses paupières se baissèrent et son regard devint plus brûlant.

— Pas du tout, princesse. Ça c'est juste pour toi.

Son ton était assez sérieux sous son air de flirt pour que mon pouls s'arrêta. Je désirais cette intensité, mais en même temps elle jouait sur mes nerfs. Comment pouvais-je être aussi importante pour lui, pour qui que ce soit ici, juste comme ça ?

Je rejetai ces interrogations en bondissant sur une des autres branches inclinées.

— Et alors, tu ne m'as pas encore attrapée, lui rappelai-je.

J'entendis un rire au moment où il prit son inspiration.

— Voyons voir si je peux changer ça.

Ses pieds raclèrent les affleurements situés juste en-dessous de moi. Je m'élançai encore plus vite vers l'avant en me penchant pour pouvoir aussi me tracter avec la force de mes mains et de mes bras. Comme si j'étais un animal, même si j'étais toujours incapable de me transformer en l'un d'entre eux.

Je bondissais d'une branche à une autre, me

précipitant sur l'une d'entre elles vers une corniche, et découvris brusquement que je n'avais aucun moyen de continuer à monter. J'avais presque atteint le toit de nouveau. Marco était à mi-hauteur de la branche en-dessous de moi, courant et bondissant avec un équilibre parfait. Il ne s'était pas transformé non plus, mais le félin en lui était perceptible dans chacun de ses mouvements.

— Tu t'es coincée toute seule ? taquina-t-il en ralentissant un peu pour faire durer sa poursuite.

Oh, non. Je n'étais pas prête à le laisser déjà gagner.

— Jamais de la vie, l'informai-je.

Puis, au moment où il atteignit le bord de la plateforme, je m'envolai de cette dernière en direction d'une branche située à au moins un étage en-dessous.

L'exaltation de la chute explosa en moi et fit remonter un souvenir très, très ancien. Je crapahutai sur le toit d'une cabane en bois et je m'élançai dans les airs. Sentant mes ailes se déployer et prenant le vent juste une seconde avant que mon corps d'enfant ne touche le sol. Roulant dans l'herbe en gloussant, me délectant de l'aperçu de mes futurs pouvoirs.

Maman ! Maman tu l'as vu celui-là ?

Mes pieds heurtèrent violemment la branche. Mes genoux vacillèrent, et la vision nette de mon passé s'estompa. Je me tenais là, prenant une inspiration tremblante, mes doigts s'enfonçant dans l'écorce artificielle.

— Princesse ? dit Marco en se penchant sur la branche juste au-dessus de moi.

Je m'ébrouai, mais mon esprit refusait de se calmer. Où me trouvais-je dans ce souvenir ? Quelque part avec ma mère, à l'évidence. Mais pas à New York. C'était avant New York. Dans une communauté de métamorphes quelque part ? Était-ce là que j'étais censée aller maintenant ?

Je levai les yeux vers Marco.

— Tu n'arrêtes pas de m'appeler « princesse ». Parce que ma mère était en gros la reine de tous les métamorphes.

Il hocha la tête en me regardant avec curiosité.

— Elle doit avoir une sorte de demeure officielle, non ? poursuivis-je. Où les gens pouvaient se rendre, s'ils en avaient besoin... Je ne sais pas, des instructions officielles ou quelque chose dans le genre ?

— Il y a quatre maisons qui sont la propriété officielle de la lignée des métamorphes dragonnes, dit Marco. Une près du centre du territoire principal de chaque famille de métamorphes. Elle se serait déplacée de l'une à l'autre de manière périodique ou selon les besoins, généralement avec au moins un de ses partenaires alphas. Pourquoi ?

Je me mordis la lèvre.

— Je me demandais juste si elle n'était peut- être pas retournée dans l'une de ces maisons. Je veux dire, quand elle est partie de New York. Mais je suppose que si ce symbole a un quelconque rapport avec l'un d'entre eux, tu l'aurais reconnu, pas vrai ?

— Vraisemblablement. Et si elle était retournée sur le territoire principal des métamorphes, elle ne serait pas passée inaperçue.

Tant pis pour cette piste. Mais ce raisonnement soulevait une autre question.

— Aaron a dit que vous me connaissiez tous de

l'époque. Quand j'étais petite, avant que Maman et moi ne partions. Est-ce qu'on était, genre, des amis ou... ?

Le sourire en coin de Marco semblait plus doux que d'habitude.

— On te voyait dans le coin, par-ci par-là. Il ne me semble pas t'avoir parlé sauf pour une présentation formelle après que le dernier alpha m'a choisi... c'est-à-dire pas longtemps avant que ta mère et toi vous ne disparaissiez. Tu n'étais pas plus qu'une gamine à cette époque, tu sais.

Je le regardai en levant un sourcil.

— Alors en fait tu ne les prends pas vraiment au berceau ?

Il éclata de rire.

— J'étais encore un enfant moi aussi, rappelle-toi. Quand j'avais dix ans, j'étais bien plus intéressé par le fait de monter aux arbres et de faire des courses que de penser à de futures compagnes.

Le désir regagna son regard.

—Bien sûr, mes centres d'intérêt ont bien changé depuis.

— Ah ouais ?

Je marchai lentement sur la branche sur laquelle je me trouvais en lui lançant un regard de défi. Il était plus facile de porter de nouveau mon attention sur le présent plutôt que de continuer à creuser quelque chose dont je ne me souvenais pas.

— Pas encore convaincue ?

Son sourire s'élargit. Puis il bondit derrière moi si rapidement que je poussai un cri perçant.

À l'évidence, il se retenait avant. Après tout, il

connaissait bien mieux que moi sa salle de sport pour félins. Je me hissai la branche puis sautai sur une autre avant de me précipiter le long d'une corniche, mais il me rattrapa. Il passa son bras autour de moi et nous fit tomber sur l'un des lits en forme de cuvette.

— Attrapée, murmura-t-il, son visage à seulement quelques centimètres du mien.

Il positionna son corps de manière à ne pas vraiment me toucher, s'appuyant sur son coude, mais sa chaleur déferla sur moi. Celle-ci fit monter en moi une vague de désir si intense que j'étais incapable d'imaginer me débattre contre elle.

Je me rapprochai de lui et il réclama ma bouche avec la sienne.

Le baiser fit irradier une vague de chaleur dans tout mon être. J'enroulai mon bras autour du cou de Marco, le voulant plus près de moi, plus fort, partout. Il effleura ma lèvre de ses dents jusqu'à ce que je gémisse, puis il pencha sa tête pour m'embrasser encore plus intensément. Sous ma pression, son corps se plaça contre le mien. J'eus le souffle coupé au moment où je sentis le poids solide et musclé de son corps. Mes hanches s'arquèrent instinctivement vers les siennes, et il poussa un gémissement.

— Oui, princesse, murmura-t-il. Comme ça.

Sa main se déplaça sur le côté de mon corps, faisant glisser la soie de mon chemisier sur ma peau. Il prit mon sein dans sa main à travers mon soutien-gorge. Son pouce fit un mouvement circulaire sur mon téton et je gémis dans sa bouche. Marco sourit dans notre baiser, titillant cette pointe plus fort avec des caresses constantes et expérimentées. Mes doigts parcoururent sa joue et s'emmêlèrent dans ses cheveux. Le plaisir grandissant à l'intérieur de moi était en train de monter tellement vite que je ne savais pas comment le freiner, ni comment me retenir de quoi que ce soit. Il risquait de m'emporter.

Marco baissa sa tête vers moi pour faire glisser ses lèvres sur ma mâchoire. Sa main lâcha mon sein pour se glisser sous l'ourlet de mon chemisier Ses doigts remontèrent sur ma peau nue et il mordilla la peau sensible de ma gorge. Je gémis, mon corps tremblant... et je ressentis une vive douleur dans la paume de ma main.

Je me raidis et Marco se figea au-dessus de moi. Il leva la tête. Le désir dans ses yeux aux paupières lourdes envoya un nouveau frisson parcourir mon corps, mais la douleur m'empêcha de me laisser de nouveau emporter.

— Qu'est-ce qui ne va pas ? dit-il.

J'avais serré mon poing. Je dépliai mes doigts et fixai ma main, désorientée l'espace d'une seconde, avant que je ne comprenne ce que j'étais en train de voir.

Une petite pierre bleu foncé brillait dans le creux de ma paume. La boucle d'oreille en saphir de Marco. J'avais volé le clou de son oreille sans même m'en apercevoir. Et j'avais accidentellement enfoncé la tige dans ma main. Une petite goutte de sang perlait en-dessous.

Marco éclata d'un rire guttural.

— Ma princesse des Flammes et ses petits doigts agiles.

Il se rassit sur les coussins, m'attirant avec lui, mais tout en laissant un peu d'espace entre nous. Avec ses doigts prestes tout aussi, il arracha le clou. Puis il leva ma main jusqu'à sa bouche et il lécha la minuscule blessure. Mon cœur se mit à battre de façon désordonnée.

Mais le désir qui me submergeait s'était un peu atténué. Je pris une profonde inspiration. Peut-être que c'était mieux ainsi. J'avais toujours envie de lui... *bon sang*, j'avais envie de lui... mais au moins j'avais l'impression d'avoir de nouveau le contrôle.

Marco mit la boucle d'oreille dans sa poche. Il garda ma main dans la sienne, mais il ne m'attira pas de nouveau contre lui. Pouvait-il ressentir mon hésitation ?

— Cette habitude de voler que tu as est un peu étrange, remarqua-t-il avec un sourire détendu. Est-ce que je devrais m'inquiéter que tu finisses par dépouiller ma maison de fond en comble avant la fin de la journée ?

Il parlait d'un ton tellement badin que je ne pus m'empêcher de sourire.

— Je... euh... il est possible que j'aie aussi mis dans ma poche un miroir de la chambre d'amis. C'est tout jusque-là. Je suis désolée. C'est une sorte de tic nerveux.

Marco pencha la tête.

— Est-ce que je peux te demander comment on développe l'habitude de voler exactement ?

Ma poitrine se serra, mais il y avait tellement peu de jugement dans son regard qu'un instant plus tard je commençai à me détendre. Ces quatre mecs là partageaient tellement de choses les concernant avec moi. Peut-être que ce n'était que justice qu'ils aient une meilleure idée de qui ils étaient en train de laisser rentrer dans leurs vies.

— Quand j'ai perdu mon appartement au début, je n'avais nulle part où aller, dis-je.

Les mots restèrent bloqués dans ma gorge, mais je les obligeai à sortir.

— Maman m'avait toujours dit me méfier de la police et de toute autorité gouvernementale, alors ils ne m'ont jamais semblé sûrs. J'ai fini par sympathiser avec un groupe d'enfants de la rue, que ce mec qui s'appelait Fisher avait en quelque sorte... embauché. Il était propriétaire d'un bâtiment où il nous laissait dormir tant qu'on lui ramenait ce qu'on volait tous les jours. Et il nous donnait une petite part de ce qu'il avait écoulé pour qu'on puisse acheter de la nourriture et tout ça. Je n'*aimais* pas faire ça, parce que je sais que c'est mal, mais j'étais douée parce que je suis très rapide. Et je ne savais pas quoi faire d'autre.

Marco caressa doucement l'arrière de ma tête avec le bout de ses doigts.

— Je pense quand on a tous été dans des positions dans lesquelles on a dû faire des choses pour survivre qu'on aurait préféré ne pas faire. Il n'y a aucune honte à cela, princesse.

Mais en fait si. La honte brûlait encore mes joues quand je repensais à tout ça.

— Je ne me suis pas éloignée de Fisher avant d'avoir presque vingt ans. Kylie m'a aidée. Mais cela a pris beaucoup de temps, même après notre rencontre, parce qu'il ne voulait pas que je parte. J'étais sa meilleure voleuse. J'avais peur de ce qu'il pouvait faire... Mais je suis partie finalement, et je n'ai rien volé *consciemment* en plus d'un an.

Je n'avais cessé de regarder mes mains tout au long de ma confession. Je levai enfin les yeux vers le visage de

Marco. Son regard était doux, mais son ton était sec et arrogant, comme toujours.

— Alors ma princesse est une dure à cuire. Je ne peux pas dire que je vais m'en plaindre.

Les dernières traces de tension en moi disparut. Je donnais un coup d'épaule espiègle à son épaule.

— On dirait que tu es aussi un dur à cuir. C'est quoi l'histoire derrière cette cicatrice ?

Je montrai son sourcil du doigt. À la seconde où la question sortit, je sus que je n'aurais pas dû la poser. Du côté où nos corps étaient proches, je sentis les muscles de Marco se crisper. Merde. J'ouvris la bouche pour lui dire d'oublier, et à cet instant précis mes fesses se mirent à vibrer.

Ou disons plutôt que mon téléphone vibra contre mes fesses. Je me tortillai pour me détacher un peu plus de Marco sur les coussins et le sortit. Au moment précis où je lus la notification sur l'écran, toutes les autres inquiétudes disparurent de mon esprit.

— Kylie m'a envoyé un SMS, dis-je en bondissant sur mes pieds. Elle a trouvé quelqu'un qui a reconnu le symbole de mon médaillon.

11

Ren

— C'est pile au milieu du territoire des vampires, dit Nate en croisant ses bras sur son torse musclé là où il se tenait, près de l'accoudoir du canapé. On ne peut juste se balader là-bas et s'attendre à ce qu'ils nous laissent carte blanche.

— Mes éclaireurs se déplacent dans toute la ville régulièrement sans aucun problème, répondit Marco.

Il s'appuya sur le fauteuil qui se trouvait dans le salon.

— Tant qu'on n'attire pas l'attention sur nous, ils ne se rendront même pas compte qu'on est là. Je sais que la discrétion n'est pas ton point fort, mais tu peux arriver à ne pas marcher d'un pas lourd comme l'ours que tu es, non ?

Nate lui lança un regard noir. West, qui faisait les cent pas près de la porte, s'arrêta.

— Comment on sait que ces informations valent la

peine qu'on les suive ? On les a entendus d'une troisième main.

Mes doigts se serrèrent autour de mon téléphone. Je m'assis de façon plus droite alors que j'étais recroquevillée à un bout du canapé.

— Kylie connait les gens à qui elle parle. Si elle ne pensait pas que ce mec était sérieux, elle ne men aurait pas parlé.

Elle a dit qu'un mec avec qui elle jouait dès fois au billard faisait des « explorations » urbaines.

Il était presque certain d'avoir vu l'image de la flamme inversée dans un tunnel menant à une des stations de métro désaffectées de New York City.

— Pourquoi est-ce quelque chose qui aurait un lien quelconque avec des métamorphes se retrouverait dans un tunnel de métro abandonné ? demanda Nate.

Situé à côté de la cheminée, Aaron leva la tête.

— Cet endroit aurait pu être choisi pour cette raison précise, si les métamorphes dragonnes voulaient la garder cette chose cachée. Aucun métamorphe ordinaire ne risquerait de tomber dessus là-bas. Mais Nate a raison. Ce sera difficile pour nous quatre d'entrer dans la ville ensemble sans que ceux qui y vivent ne s'en aperçoivent. C'est pour ça que...

—Nous *cinq*, l'interrompis-je.

Il me regarda en clignant des yeux, ces yeux bleu clair momentanément confus.

— Quoi ?

Je fis un geste vers notre groupe.

— Tu as dit *nous quatre*. Mais on est cinq. Je viens aussi, c'est évident.

Apparemment, ce fait n'était pas si évident que ça. La bouche d'Aaron se crispa, et Nate se hérissa comme si son ours était vraiment sur le point de sortir.

— Non, dit le plus grand des hommes. C'est déjà assez dangereux avec juste nous. Notre boulot, c'est de nous assurer que tu es protégée, et ça veut dire que tu restes ici.

— J'allais suggérer que seulement un, ou au maximum deux, des alphas mènent l'enquête, dit Aaron de sa voix légère et égale. Ce n'est même pas utile que nous y allions tous les quatre.

— Eh bien, même si juste un ou deux d'entre vous y vont, j'y vais aussi.

J'agitai mon téléphone dans les airs.

— C'est moi qui ai obtenu l'information, vous vous souvenez ? C'est moi *pour* qu'on fait tout ça. Le symbole était sur mon médaillon. C'est une sorte de message de la part de ma mère. Si *quelqu'un* y va, ça devrait être moi.

Nate secoua la tête.

— Si ce n'était pas sur le territoire des vampires, je ne disputerai pas ce point avec toi. Mais tu ne comprends pas tous les tenants et les aboutissants de la situation. Le risque est trop grand, surtout sachant que le tuyau pourrait ne pas être fiable.

Marco nous regardait tour à tour, son expression entre pensive et amusée. Il ne me disait pas de rester à la maison, mais il ne se précipitait pas non plus pour me soutenir. La seule voix en ma faveur était celle de West, même si bien sûr il l'avait dit de la manière la plus insultante possible.

— Si elle va être à la tête de toutes les familles de métamorphes, il vaut mieux qu'elle soit capable de se défendre, grogna-t-il. Laissez-la venir. Ça lui donnera un avant-goût du monde surnaturel en dehors de cette maison ridicule.

Marco leva un sourcil en entendant ça.

— Si tu n'apprécies pas le confort de cet endroit, je t'invite à dormir dans le jardin ce soir.

— On s'en fiche de la maison ! dis-je. Si je *dois* être à la tête de tous les métamorphes, je devrais pouvoir prendre des décisions toute seule. Et je dis que je viens. Vous n'avez pas la moindre idée de ce qu'on peut chercher. D'après ce qu'on sait, ma mère a fait en sorte que je sois la seule qui puisse le trouver ou comprendre quoi faire avec. Est-ce que faire *un* voyage *avec* moi n'attirera pas moins l'attention que deux voyages quand vous vous rendrez compte que vous avez besoin de moi finalement ?

— Tu pourrais rester dans les parages, prête à nous rejoindre si on te fait savoir que ta présence est nécessaire, suggéra Aaron.

— Non. Hors de question. Je n'ai pas eu mon mot à dire dans *rien* jusque-là, mais ça pourrait être le dernier message de ma mère pour moi. Je dois le voir de mes yeux.

— Ren, commença Nate, mais West l'interrompit.

— Vous êtes tous trop accrochés au passé. C'est un scénario totalement différent là. Les vampires n'ont rien à voir avec ce qui s'est passé avant.

— Si on les énerve *vraiment*, les vampires sont très dangereux, dit Marco. On ne devrait pas complètement les ignorer.

— Attendez, dis-je en posant mon téléphone.

Mes doigts s'enroulèrent autour de l'accoudoir du canapé.

— De quel « scénario passé » êtes-vous en train de parler ? Pourquoi êtes-vous si inquiets pour ma sécurité ? Qu'est-ce que...

Un fragment de souvenir me traversa l'esprit. Juste un fragment, vacillant et incomplet, accompagné d'un à-coup de panique qui fit monter un goût métallique dans ma bouche.

J'étais recroquevillée sur le sol, me cramponnant au bras d'une petite fille à peine plus âgée que moi, pâle avec une tête couverte de boucles blondes. Sa bouche formait une ligne fine et exsangue. Une autre fille, plus âgée, se tenait de l'autre côté de moi, des boucles noires tombant en cascade sur son dos tremblant. Sa main était calée contre ma tête, trop crispée pour être d'un réel réconfort.

Nous fixions toutes les trois ma mère du regard, ma mère et l'homme au torse puissant et à la beauté sauvage qui était en train de se disputer avec elle. Je savais que cette voix grave et rauque m'avait souvent enveloppée dans un réconfort, mais en cet instant elle ne faisait que faire s'emballer mon pouls.

— Il faut que tu partes. Tout de suite.

— Je dois rester et me battre pour ce qui est à moi, insistait ma mère, des éclairs dans les yeux.

Un cri de détresse résonna. Ma mère tressaillit, et l'expression de l'homme se ferma.

— Ils sont trop nombreux. Si tu essayes de te battre ici, tu perdras ta chance de te frayer un chemin pour partir. Pars. Pour elles.

Il fit un geste du bras dans notre direction, et le souvenir s'effaça.

Je m'affaissai dans le canapé en laissant tomber ma tête

entre mes mains. Le caractère immédiat de l'instant avait disparu, mais le sentiment qu'il m'avait laissé continuait de couler en moi. Cet homme... il avait été un de mes pères. *Papa*, l'appela une partie de moi avec un pincement au cœur. Et les filles à côté de moi...

Je levai les yeux en mettant mes mains de chaque côté de mon cou. Les hommes étaient tous devenus silencieux et me regardaient. Ma bouche était sèche. Je déglutis avec difficulté.

— J'avais des sœurs, dis-je d'une voix haletante. Deux, plus âgées que moi. N'est-ce pas ? Pourquoi est-ce que ma mère s'est enfuie avec moi et pas avec elles ? Qu'est-ce qui leur est *arrivé*? Qu'est-ce qui est arrivé à mes pères ?

Nate et Aaron échangèrent un regard. Marco ouvrit la bouche et hésita. West paraissait avoir avalé sa langue, la seule fois où j'avais vraiment envie qu'il l'ait bien pendue.

— Dites-moi, exigeai-je d'un ton sec. Pourquoi est-ce que vous essayez de le cacher ? De quoi avez-vous si peur qu'il m'arrive ?

— Ren, dit Nate sans ménagement.

Il se laissa tomber sur le canapé à côté de moi.

— Ce n'est pas qu'on voulait te le cacher. On voulait juste te donner une chance de te faire à toutes ces nouveautés avant que tu n'aies à gérer ça en plus.

— Gérer quoi ? dis-je d'une voix soudain très faible.

Quoi que ça pouvait être, c'était horrible. Ça, je n'avais pas besoin qu'il me le dise. Le souvenir et leurs réactions en étaient imprégnés.

Aaron inspira.

— Une bande de métamorphes renégats ont attaqué ta

famille une nuit, il y a seize ans, dit-il calmement. D'après ce qu'on sait, leur objectif était de vous tuer, toi, ta mère et tes sœurs, toutes les métamorphes dragonnes, et les quatre alphas qui étaient là avec vous cette nuit-là. Tes pères sont morts en essayant de les empêcher de mettre la main sur toi. Ces renégats ont capturé tes sœurs et ils les ont assassinées elles aussi. Ta mère a tout juste réussi à s'en sortir vivante avec toi.

Je m'étais préparée à son explication, mais les mots m'ébranlèrent quand même. Mon estomac se retourna. Nate me tendit son bras et je me rapprochai plus de lui, le laissant m'attirer dans une étreinte. Le réconfort de son corps puissant réussissait à peine à calmer le sentiment d'horreur qui m'avait envahie.

— Et elle s'est enfuie, dis-je, complétant ses dires, tout droit vers New York City. Elle avait peur qu'ils essayent à nouveau.

C'est pour ça qu'elle avait essayé de faire en sorte qu'on soit invisibles. Pour ça qu'elle avait peur au point de penser qu'elle devait bloquer mes souvenirs et mes pouvoirs.

— D'après ce que tu nous en as dit, on ne peut que supposer que c'est le cas, dit Aaron.

— Et en ce qui me concerne, je ne peux pas la blâmer, intervint Marco. Elle t'a protégée... et avec un peu de chance, elle s'est protégée elle aussi. Elle a fait ce qu'elle devait faire.

Il lança à West un regard appuyé comme pour le mettre au défi de répliquer, mais le métamorphe loup s'était retiré vers le chambranle de la porte, l'expression de son visage s'étant assombrie.

— Mais *pourquoi* ? explosai-je. Pourquoi est-ce que quelqu'un voudrait nous faire du mal comme ça ?

Le cri de mon souvenir résonna dans mes oreilles... la terrible douleur qu'il portait en lui. L'image des visages de mes sœurs... Aucune d'elle ne devait avoir plus de dix ans. Et ces renégats les avaient tout simplement *massacrées* ?

— Personne ne le sait avec exactitude, dit Nate en massant mon bras. Tes pères et ta mère ont tué un grand nombre de ces renégats en se défendant, mais bien sûr les morts ne peuvent pas parler. Ceux qui ont survécu sont partis de là-bas avant que quiconque ne se soit rendu compte de ce qui était en train de se passer. Ils n'ont jamais été attrapés.

— C'était très probablement une tentative de prise de pouvoir, dit Aaron. La plupart des métamorphes qui refusent de s'allier avec leur famille sont habités par une grande amertume et par une grande colère. Ils n'aiment pas la manière dont les règles sont établies ni qui les définit. Peut-être qu'ils pensaient pouvoir s'imposer comme les nouveaux alphas. Peut-être qu'ils voulaient juste semer le trouble. Si on a de la chance, on ne croisera jamais leur chemin à nouveau, et du coup nous n'aurons jamais besoin de le savoir.

— Mais si ce groupe est toujours dans la nature, et il n'y aucune raison de penser le contraire, la première chose qu'ils voudront faire s'ils découvrent que tu es en vie, c'est terminer ce qu'ils ont commencé, dit Marco d'un ton plus sombre que son ton habituel.

Il leva son menton vers Nate.

— C'est pour ça que nounours est entré en mode surprotecteur.

— Je ne pense pas qu'il y ait quoi que ce soit de *fini* dans cette histoire, marmonna Nate. Tu comprends pourquoi je préfèrerais que tu restes ici, Ren ? Personne, en dehors de nous et de quelques employés de Marco ici, ne sait qu'on t'a déjà retrouvée. Plus on garde le secret, plus on pourra gagner de temps avant d'avoir de nouveau affaire aux renégats.

Exact. Plus de temps pour que je débloqué les pouvoirs qui semblaient obstinément enfermés en moi afin que j'aie un infime espoir de savoir me défendre.

Un frisson me parcourut. Il y avait des gens dans le monde extérieur qui me détestaient au point d'avoir voulu me tuer à l'époque où je n'étais qu'une petite fille de cinq ans sans défense.

Et s'ils parvenaient à leurs fins cette fois, qu'est-ce qui arriverait aux métamorphes ensuite ? Si j'étais la dernière dragonne et que je mourrais sans transmettre cette lignée... Ma race s'éteindrait. Il ne resterait rien pour lier les familles de métamorphes ensemble.

Ma connaissance de la société des métamorphes était encore vague, mais cette pensée me glaçait le sang. J'enroulai ma main autour de celle de Nate. Je comprenais pourquoi il était si inquiet, pourquoi Aaron avait lui aussi plaidé en faveur de la prudence, pourquoi Marco n'était pas intervenu pour me défendre. Ils avaient besoin de moi... et les alphas avant eux avaient déjà échoué une fois.

J'avais besoin d'eux aussi. Je sentais une connexion avec les quatre hommes autour de moi vrombir dans l'air. Même tandis qu'un frisson glacial me picotait, cette connexion me permettait de trouver un équilibre.

Je n'étais plus seule. Je les avais, eux, maintenant,

comme le voulait le destin. Je ne pouvais pas continuer à fuir.

Maman avait pris mes souvenirs, mais pas indéfiniment. Je savais ce que j'étais à présent, et je devais continuer à me souvenir.

J'étais une dragonne.

Je m'écartai de Nate en serrant sa main pour lui dire que ce n'était pas un signe de rejet.

—Je comprends, dis-je en me levant. Je ne vous en veux pas de vous inquiéter pour moi. Mais je maintiens ma décision d'y aller. C'est le chemin que ma mère a laissé pour que je le suive, et je ne laisserai personne m'arrêter.

12

Nate

Notre métamorphe dragonne était tellement forte. Elle était assise, serrée entre Marco et moi à l'arrière de la berline d'Aaron tandis que celui-ci conduisait notre petit groupe en ville, son dos droit et sa mâchoire serrée. Mais j'avais pris sa main quelques minutes après que nous étions montés dans la voiture, et elle n'avait pas lâché la mienne depuis. Ses doigts fins restaient entrelacés avec les miens, les serrant fort.

Ils avaient vraiment l'air fragiles, mais je savais que tout le reste d'elle ne l'était pas. Les informations à propos des assassinats de sa famille l'avaient choquée, c'était évident. Je n'oublierai jamais la manière dont le sang avait quitté son visage alors qu'Aaron lui racontait l'histoire, comme si elle était en train de mourir aux côtés de ses sœurs et de ses pères depuis longtemps disparus. Mais elle n'avait pas laissé ses émotions la freiner. Elle ne laisserait rien l'empêcher d'être ici avec nous pour affronter ce qui nous attendait, quoi que ça puisse être.

Je devais bien admettre que je *détestais* l'idée que Ren soit là. Les poils de mon dos s'étaient hérissés le moment où nous avions traversé les frontières de la ville. Je n'avais pas encore senti l'odeur d'un vampire, mais tout cet endroit empestait le métal et l'essence brûlée. Même s'il n'y avait pas eu de suceurs de sang dans le coin, ce n'était pas un endroit pour les métamorphes. Mais je devais avouer que j'admirais Ren aussi. Elle ne se rappelait peut-être pas de grand-chose, mais la moindre parcelle d'elle était toujours celle d'une dragonne.

Dès qu'on aurait découvert ce qui était arrivé à sa mère, on pourrait continuer à vivre nos propres vies. De la façon dont nous avions espéré ces seize dernières années ; les alphas et la métamorphe dragonne, toutes les familles de métamorphes évoluant en harmonie.

Tant que les autres alphas ne venaient pas tout gâcher. West s'était assis dans le siège passager avant avec au-dessus de lui ce perpétuel halo sombre, l'expression lugubre.

— N'y a-t-il pas moyen d'éviter toute cette circulation ? marmonna-t-il à Aaron tandis qu'on se faufilait dans une rue bouchée.

Il avait été extrêmement froid avec Ren depuis le début. Comment pouvait-il réellement penser que le fait de la mettre de côté et de rejeter l'héritage des métamorphes dragonnes était la bonne chose à faire ?

Et Marco... On ne pouvait jamais vraiment faire confiance à un chat. Il se prélassait de l'autre côté de la banquette arrière avec son coude posé contre la vitre.

— Au pied le toutou, taquina-t-il. On arrivera quand on arrivera.

Ce qui n'eut pour seul effet que de prononcer le froncement de sourcil de West en un air renfrogné. L'alpha félin avait accueilli Ren, bien sûr, mais il avait également pris un peu trop de plaisir à chercher les ennuis.

— Je peux tourner dans une rue qui devrait être moins encombrée plus haut, dit calmement Aaron.

L'alpha aviaire avait l'air assez détendu, mais de toute façon les aviaires ne se mélangeaient pas trop avec le reste d'entre nous. Je ne savais pas vraiment comment lire en lui.

Notre dévotion à nous, la famille des ours et ceux que nous dirigions à la loi des métamorphes n'avait jamais vacillé. Je serai aux côtés de Ren. Au moins, elle pouvait être sûre de ça.

Je fis courir mon pouce sur le dos de sa main, et elle s'appuya un peu plus sur moi. Je résistai à l'envie d'enfouir mon nez dans ses cheveux et de sentir son parfum si agréable. Pour l'instant, je devais rester concentré sur sa protection. Tous les autres plaisirs liés au fait d'avoir une compagne pouvaient attendre que nos affaires soient terminées.

Mais j'avais hâte, d'autant plus maintenant que je l'avais rencontrée.

Aaron arrêta la voiture.

— À partir d'ici, nous devons y aller à pied, dit-il.

Ren leva les yeux vers moi avec un sourire qui fit s'emballer mon cœur de désir. Ma détermination s'enroula autour de celui-ci.

Elle quitterait cette ville en vie, ou je mourrais ici moi aussi.

Ren

Je pris appui avec ma main contre le mur du tunnel, puis mes doigts s'en écartèrent, mouillés et couverts de poussière. Mon nez se renfrogna à cette sensation. Les escaliers que nous étions en train de descendre étaient étroits, l'air froid et humide et l'endroit sombre en dehors du faisceau de lumière dansant de la lampe de poche d'Aaron tandis que celui-ci nous guidait.

Je n'avais jamais vraiment été claustrophobe, mais cet endroit me fichait la trouille. Nulle part où courir ou sauter.

Nulle part où déployer les ailes que je n'arrivais à pas encore à convaincre mon corps de relâcher.

Au moins, j'avais à nouveau ma meilleure amie avec moi. Kylie serra mon autre main tout en marchant épaule contre épaule avec moi, et me sourit. *Elle* avait l'air plus excitée à propos de cette expédition que moi. Peut-être parce qu'elle n'avait pas juste d'entendre une histoire sur le massacre de presque toute sa famille.

— Est-ce que tu as une idée de ce qu'on va trouver en bas ? chuchota-t-elle. Je veux dire, de pourquoi ta mère t'a envoyé vers ce symbole ?

Je secouai la tête.

— Je n'en sais pas plus que toi à ce stade.

En tous cas à propos des plans de ma mère. À la

seconde où nous nous étions retrouvé à l'entrée du métro, Kylie avait demandé comment j'allais, mais je n'avais pas parlé de ce que j'avais appris à propos de mon passé. J'avais l'impression que ce serait trop me décharger, même sur ma meilleure amie. J'étais encore moi-même en train de digérer les faits.

Je devais avoir vu plus de violence que ce que j'avais entraperçu dans le bref fragment de souvenir qui était remonté à la surface, mais rien d'autre ne m'était revenu pour l'instant, même après avoir entendu l'histoire. Je ne savais pas vraiment si c'était pour le mieux ou si j'aurais préféré avoir ces images à examiner. J'arrivais presque à les sentir, comme des requins s'entrecroisant sous une eau, trop sombre pour entrer dans mon esprit. Ils feraient surface à un moment ou à un autre, et quand ce sera le cas, ça ferait mal.

— Quelle aventure, dit Kylie en me donnant un petit coup de coude. On aurait dit que tu t'es vachement rapproché du grand baraqué. Alors lui, c'est un sacré morceau.

Elle devait sûrement parler de Nate. Il était à l'arrière de notre cortège, à plusieurs mètres derrière nous, s'assurant qu'aucun intrus hostile ne nous tomberait dessus. Mon visage se réchauffa un peu. Je commençais à m'habituer à l'idée que ces quatre mecs étaient destinés à être mes partenaires, mais je savais que ça semblerait bizarre à n'importe qui d'autre. N'importe quel autre être humain en tous cas.

Mais ce n'était pas comme si je pouvais le cacher à Kylie très longtemps. Je n'en avais pas envie.

— En fait..., dis-je. Je me suis rapprochée d'eux tous.

Enfin, des trois qui ne passent pas tout leur temps à me jeter des regards noirs.

Je regardai brièvement de travers vers le dos mince de West qui était en train de suivre Aaron.

— Il s'avère que c'est comme ça que ça se passe pour les métamorphes dragonnes. On est censées... euh... nous lier à tous les alphas. C'est comme un décret politique.

Nous suivîmes les hommes derrières une porte avec des gonds qui grinçaient dans un tunnel plus large, mais tout aussi sombre, froid et humide. La lumière d'Aaron vacillait sur les murs incurvés de la ligne de métro inutilisé depuis longtemps.

Les sourcils de Kylie se haussèrent brusquement.

— Attends. Quand tu dis *lier*, tu veux dire entièrement physiquement, pas vrai ?

Mes joues devinrent encore plus rouges.

— C'est l'idée. On n'est pas encore allés *aussi* loin.

Je me préparais à une expression choquée ou à du dégoût, mais Kylie se contenta d'éclater de rire. Elle leva sa main pour un *tape m'en cinq*.

— Vas-y, meuf. Si j'avais la chance de m'occuper de quatre mecs comme ça en même temps, tu peux me croire, je foncerais. Quelle manière de perdre ta virginité !

À cet instant, je regrettai de lui avoir avoué que je n'étais jamais allée jusqu'au bout avec un mec.

— Je suis presque sûre que ça ne sera pas avec eux quatre en même temps, dis-je.

Jusque-là, ils ne m'avaient approché qu'un seul à la fois. La pensée qu'il y en ait plus qu'un d'entre eux qui m'embrassent et qui me touchent envoya une soudaine vague de chaleur à travers mon corps.

Peut-être je ne détestais pas totalement cette idée. Mais ce n'était pas vraiment le moment de réfléchir à *ça*.

L'expression de Kylie devint plus sérieuse.

—Tu *vas* bien, n'est-ce pas ? Tu es sûre que tu peux avoir confiance dans tout ce qu'ils t'ont dit ?

—Ouais. Je me souviens d'assez de choses pour que tout colle. C'est bouleversant, mais en même temps plus j'en apprends, plus je me sens moi-même.

Je marquai une pause.

— *Tu* ne trouves pas que c'est totalement fou, si ? Je veux dire, des métamorphes et des vampires, et qui sait quoi d'autre ?

— Arrête. Bien sûr que c'est fou. Mais ça ne veut pas dire que je ne peux pas y croire. J'ai vu monsieur Beau morceau se transformer en ours de mes propres yeux. Et je sais que tu as la tête sur les épaules. C'est pour ça que j'ai besoin que tu sois dans les parages.

Elle enroula son bras autour de moi pour me faire un câlin de côté. Ce geste provoqua un pincement dans ma poitrine. Combien de temps encore est-ce que je *serais* dans les parages ? Quand- si- j'arrivais à endosser le rôle complet de métamorphe dragonne, je ne pourrais pas passer du temps dans Brooklyn avec Kylie tout le temps.

On trouverait une solution plus tard. Après avoir découvert ce que Maman voulait que je comprenne, quoi que ça puisse être.

La voix d'Aaron résonna.

— C'est ici.

Il était en train de pointer la lampe de poche sur un endroit précis d'un des murs. Nous nous dépêchâmes de nous rapprocher du ciment fissuré et des voies abandonnées. L'air changea, envoyant un frisson glacé sur mes bras. Je frottai ces derniers pour faire disparaître la chair de poule.

Le mur avait été construit avec des pierres imbriquées. Le cercle de lumière en éclairait une de forme rectangulaire dans laquelle avait été gravé un symbole ressemblant à celui de mon médaillon : une flamme à l'envers au milieu d'une spirale. Mon cœur se mit à battre plus vite.

—C'est vraiment ça, dis-je.

Je regardai autour de moi comme si Maman pouvait sortir de l'ombre maintenant que j'étais là. Comme si elle pouvait avoir attendu ici tout ce temps, ou même juste depuis mon anniversaire.

Personne ne bougeait dans l'obscurité, sauf la silhouette tendue de West. Puis Marco et Nate se mirent à rôder plus près de la pierre. Nate fut le premier à la pousser avant de reculer.

Marco en examina les rebords avec ses doigts plus agiles.

— Elle ne semble pas très impatiente de livrer ses secrets, remarqua-t-il.

— Ce ne sont pas des secrets qui vous sont destinés, dis-je.

C'était pour cette raison que j'avais insisté pour venir. Je marchai vers le mur, à la lueur de la lampe de poche. Une fois tout près, le symbole envoya des picotements dans tout mon corps. Il attirait mes mains vers lui. Je levai mes bras et appuyai mes paumes de chaque côté de la flamme, comme il semblait le vouloir.

La pierre eut un soubresaut vers moi avec un bruit de

raclement, et mon esprit se fissura. Les sensations du tunnel s'effacèrent sous une vague de souvenirs.

J'étais une petite fille en train de courir dans la forêt pour trouver une cachette avant qu'un de mes pères ne finissent de compter. Les odeurs de la végétation luxuriante de la fin du printemps m'enveloppaient. Je plongeai sous un arbre en retenant un gloussement.

Mes sœurs et moi dansions autour de ma mère en rythme avec la chanson pop qu'elle avait mise dans son vieux lecteur de cassettes. Elle prit chacune de nos mains tour à tour pour nous faire tourner. Nos pieds tambourinaient sur le parquet.

Nous étions assises en rang le long du bord d'une plateforme sur laquelle Maman tenait audience. Le bord était assez haut et mes jambes assez courtes pour que je puisse balancer mes pieds sans toucher le sol. Les métamorphes s'approchaient de ma mère un par un. Nous chuchotions à l'oreille l'une de l'autre, essayant de deviner l'animal de chacun d'entre eux grâce à leur odeur et à leurs manières.

— Celui-là, c'est sûrement un blaireau.

— Non, non, je dirais un raton laveur.

On était en train de courir dans le couloir et Maman nous pressait d'aller plus vite. Mon pouls martelait dans mes oreilles. On devait aller dehors, dehors là où maman pourrait se transformer et se battre. Une énorme lionne bondit depuis une porte, refermant d'un coup sec ses mâchoires autour du bras de ma sœur dans une explosion de sang rouge vif. Un cri perçant jaillit de ma gorge.

Et encore et encore. Les souvenirs fragmentés me revenaient violemment comme s'ils arrivaient de l'intérieur et de l'extérieur en même temps, jaillissant dans ma tête et se déversant en moi depuis la pierre. Ils étaient en train de m'engloutir.

Puis ils vacillèrent avant de s'arrêter. Mon esprit se vida brusquement et la voix de ma mère m'envahit, douce et mélodieuse.

Je suis tellement désolée que les choses se soient passées comme ça, Serenity. J'ai fait tout ce que j'ai pu pour te protéger. Suis le cristal...

Il y eut un son qui ressemblait à celui de quelqu'un en train de prendre une grande inspiration. Et ce son me ramena brutalement à la réalité.

Je me tenais devant le mur du tunnel du métro. Mes doigts étaient agrippés au bloc de pierre froid sur lequel était gravé le symbole en forme de flamme. Il était sorti de la paroi, révélant un renfoncement creux et sombre. Les alphas et Kylie étaient toujours près de moi, ils attendaient.

Mes jambes chancelèrent. Aaron bondit à côté de moi pour poser une main sur mon épaule afin de me stabiliser. Je m'appuyai sur lui, essayant de donner un sens à mes pensées qui tourbillonnaient.

— Je me souviens, dis-je.

Mais ce n'était pas entièrement vrai. J'avais l'impression que ma tête était remplie de ma petite enfance que je venais juste de retrouver, mais les souvenirs se bousculaient comme des fragments sans aucun lien. Ils ne me semblaient pas encore être entièrement les miens. Ils restaient toujours des trous et des morceaux flous. Quoi que Maman ait fait pour les effacer, ça n'avait pas été une magie exacte.

— Qu'est-ce qu'il y a là-dedans ? demanda Kylie.

Je concentrai mon regard sur le renfoncement creux. Quelque chose de pâle et de plat reposait sur la surface rugueuse à l'intérieur. Je posai la pierre et sortis l'objet caché, mes doigts glissant sur une surface polie.

Il s'agissait d'un cercle transparent qui ressemblait à du verre, mais qui brillait davantage, et qui faisait deux fois la largeur de ma paume. Un motif légèrement défraichi, formé de lignes et de points était gravé sur sa surface. Je la regardai en plissant les yeux pour essayer de leur trouver un sens, mais il ne s'agissait pas de lettres ni de formes définies.

Suis le cristal, avait dit la voix de ma mère. Je devinai que cet objet était le cristal en question. Mais comment diable étais-je censée le *suivre* ?

Je pivotai sur mes pieds, le faisant tourner dans mes mains comme si ça pouvait actionner une sorte de déclencheur, et un tapotement se fit entendre plus loin dans le tunnel. Mon corps se figea. Les hommes se retournèrent immédiatement pour scruter dans la même direction.

Plusieurs silhouettes s'approchaient de nous, se matérialisant en sortant de l'ombre. Elles s'arrêtèrent à la lisière de la lumière d'Aaron. Neuf hommes et femmes, tous minces avec des yeux creux. La couleur de leur peau allait de pâle à marron foncé, mais ils avaient tous un teint légèrement cireux comme si ça faisait trop longtemps qu'ils n'avaient pas été au soleil.

Oh. Je ressentis des picotements sur tout mon corps en comprenant, au même moment que leur odeur acide proche de celle du papier atteignit mes narines. Je n'avais jamais rencontré personne de leur espèce avant, mais je savais exactement ce que j'étais en train de regarder.

Ce n'étaient pas les vampires qui avaient menacé ma famille dans le passé, mais il n'y avait aucun doute qu'ils étaient en train de le faire maintenant.

13

Un des vampires ouvrit sa bouche étroite, goûtant l'air avec un mouvement de sa langue rappelant celui d'un serpent. Des crocs fins brillaient derrière ses lèvres. Je réprimai un frémissement.

— Des métamorphes, dit-il en plissant son nez en signe de dégoût. Vous êtes loin de chez vous, non ? Ici, c'est notre territoire. Il y a des sanctions en cas de violation comme vous devez le savoir.

Quelle bande de faux-jetons mielleux, ils faisaient ! Je reculai, me rapprochant du mur, mais les poils de mon dos s'étaient hérissés. S'ils menaçaient mes alphas, ils devraient m'affronter aussi.

— On ne pensait pas que faire une petite balade poserait souci, lâcha Marco. Nous admirons la vue, profitons d'un autre décor.

Quelques-uns des vampires regardèrent autour d'eux comme s'ils se demandaient sérieusement si les métamorphes pensaient que des tunnels de métro étaient pittoresques. Celui qui nous avait parlé se mit à ricaner.

— On n'a pas le temps de jouer à ces petits jeux.

Marco haussa les épaules.

— C'est drôle, j'aurais pensé qu'être immortel voulait dire que vous aviez tout le temps du monde.

— Qu'est-ce que vous faites ici ? demanda le vampire. Vous ne seriez pas venus si loin sur nos terres sans raison.

— C'est peut-être vrai, dit West en croisant ses bras sur son torse.

C'était agréable de voir son regard noir dirigé vers des personnes qui le méritaient pour une fois... si on pouvait qualifier les vampires de « personnes ».

— Mais vous pouvez oublier tout de suite si vous pensez qu'on va rester là et bavarder avec vous. Dégagez et on partira.

Les vampires firent l'exact opposé en se rapprochant. Ils se rapprochèrent de manière provocante, un plus grand nombre de crocs brillant dans la masse à présent. Nate se rapprocha de moi, ses muscles tendus, semblant prêt à se jeter devant moi s'il le fallait.

— Répondez à mes questions ou on vous anéantira purement et simplement, dit le vampire. Dans ce cas, vos intentions compteront pour du beurre.

Aaron s'avança, les mains levées.

— Nous nous excusons pour cette intrusion sur votre territoire, dit-il. Et je m'excuse pour la grossièreté de mes amis. Nous avions une affaire urgente qui ne nous a pas laissé le temps de parler avec vos chefs. Je jure sur la lune et la terre que nous sommes venus ici sans aucune mauvaise intention et que nous partirons de manière tout aussi pacifique.

— Il est trop tard pour ça, siffla une femme qui se trouvait vers l'arrière de la meute de vampires. Vous êtes venus sans être conviés. Vous devez en payer les conséquences.

— Bordel de merde, me dit Kylie C'est un peu plus flippant que ce à quoi je m'étais préparée.

Pareil pour moi. Je pris sa main dans la mienne et l'attirais plus près de moi. Je n'allais pas laisser quelqu'un *lui* faire du mal, surtout sachant qu'elle n'était venue ici que pour m'aider. On aurait dû se contenter de recevoir les instructions de sa part et descendre seuls sans elle. Mais égoïstement, j'avais voulu avoir l'occasion de lui parler, à elle, la seule personne de mon ancienne vie à qui je *pouvais* encore parler.

— S'il vous plaît, était en train de dire Aaron. Il n'est pas nécessaire d'en venir aux mains. On a terminé ce qu'on avait à faire ici. C'était une affaire de métamorphes, sans aucun rapport avec votre espèce. Si vous...

— Assez parlé, répliqua sèchement le premier vampire.

Son regard froid se posa sur moi.

— Quelque chose chez celle-là dégage une odeur bizarre. Différente de celle de toutes les bêtes que je connais.

Ses yeux se plissèrent.

— Qu'est-ce que tu *es* ?

Il claqua des doigts, et le vampire qui se trouvait à côté de lui se rua vers moi comme pour m'emmener. Nate s'interposa entre nous avec un grognement. Il repoussa le vampire vers le groupe, avec une force telle que le jeune homme tomba sur ses fesses.

— Ne vous avisez pas de poser la main sur elle.

Le vampire qui donnait les ordres grimaça.

— C'est notre territoire. Nous prenons ce que nous voulons. Si vous refusez d'obéir, il ne restera rien de vous.

D'un seul coup, les vampires bondirent sur nous dans un mouvement d'envol à l'unisson. Un cri perçant jaillit de ma gorge. Je tirai Kylie en arrière tandis que les quatre alphas se jetaient en avant pour affronter la charge des vampires.

Ils se transformèrent pendant qu'ils couraient. La forme de Nate gonfla à travers ses vêtements, laissant se profiler le grizzly que j'avais vu dans le salon de Marco la veille. Mais à présent il n'avait rien à voir avec un ours en peluche. Il se jeta en avant, écrasant la tête d'un vampire contre le mur avec un bruit sourd répugnant, abattant son énorme patte sur un autre qui tentait de passer en l'esquivant.

Un aigle doré jaillit d'un tas de vêtements et plongea avec ses serres sorties pour attraper un des vampires au visage. Le cri de guerre d'Aaron résonna à travers le tunnel. Le faisceau de la lampe de poche tombée au sol reluisit sur les plumes brillantes de ses immenses ailes.

Un loup sortit brusquement du jean de West, sa fourrure rousse aux pointes argentées chatoyant dans la lumière vacillante. Il referma sa mâchoire autour des jambes d'une des vampires et il la souleva. La vampiresse tomba sur le sol du tunnel avec un craquement lorsque sa tête heurta les rails du métro. Le loup se retourna pour charger un autre assaillant. Quelque chose brillait d'une couleur rouge plus vive dans sa poitrine. Est-ce qu'elle l'avait blessé ?

Un grand jaguar noir se jeta dans la mêlée. Marco fit tomber un autre vampire au sol, l'immobilisant. Sa queue élégante fouettant l'air tandis qu'il assenait de grands coups de pattes sur la joue du vampire. Le craquement d'une nuque brisée résonna contre les murs.

La violence était terrifiante, mais en même temps la force et la vitesse de mes compagnons métamorphes me coupaient le souffle. Ce n'étaient pas juste des formes qu'ils prenaient comme s'ils mettaient une sorte de déguisement. Ils *étaient* ces animaux, jusqu'au plus profond de leurs êtres, et ils bougeaient comme par magie.

Ma main serra plus fort celle de Kylie. Mon cœur battait à tout rompre au fond de ma gorge. Les mecs avaient mis une partie des vampires hors d'état de nuire, mais les autres continuaient de se battre, balançant leurs dagues et montrant leurs crocs. J'aurais dû être là-bas avec mes compagnons et faire ma part. C'était pour moi que nous étions tous ici.

Mais que pouvais-je faire contre ces morts-vivants avec ce corps d'humaine ? Dans l'air humide du tunnel, je me sentais soudain plus inutile que je ne l'avais jamais été de toute ma vie. Je n'avais pas d'armes, pas de griffes en dehors de celles qui grattaient dans ma poitrine. Si je me jetais au milieu de tout ça et que j'essayais de me battre, tout ce que je ferais, ce serait donner aux vampires une chance de m'attraper et de prendre le dessus sur les alphas.

Si j'arrivais à me transformer... Si je pouvais me joindre à eux comme leur égale, prouver que j'étais digne des risques qu'ils prenaient pour moi...

Je poussai Kylie vers le mur.

— Reste là, dis-je. Quoi qu'il arrive. Ne t'approche pas d'eux.

Elle hocha la tête, les mots lui manquant, ce qui était rare chez elle. Je serrai mes poings, mon regard fixé sur le cœur du combat. Je savais ce qu'on était censé ressentir au moment de la transformation. J'avais un bref aperçu de ce sentiment dans mes souvenirs. Cette sensation qui se répandait et déferlait et qui traverserait tout mon corps. Je la désirais à cet instant précis, tellement.

J'allais au plus profond de moi, jusqu'aux grattements frénétiques de ces griffes qui se trouvaient à l'intérieur de moi. *Sors ! Reprends ta liberté. Laisses sortir la dragonne qui est à l'intérieur de toi.* J'étais cette dragonne. Je le savais, tout comme j'avais reconnu ma mère dans mon souvenir quand je l'avais vue voler au-dessus de ma tête sous sa forme couverte d'écailles. J'arrivais à sentir le goût carbonisé du souffle ardent sur ma langue.

Mais mon corps ne s'exécuta pas. Ma forme restait entièrement humaine. La dragonne restait enfermée à l'intérieur de moi. Je gémis, me tordant en y mettant toute ma volonté, et c'était toujours juste moi qui me tenais là.

Mes souvenirs avaient été libérés. La magie de Maman s'était dissipée. Pourquoi est-ce que j'avais toujours autant de mal à suivre ma vraie nature ?

Devant moi, un vampire lacéra le flanc de Nate, dessinant une traînée rouge sombre dans sa fourrure marron d'ours. Il poussa un hurlement et balança sa patte, mais son assaillant prit la fuite. Une autre suceuse de sang était en train de lutter au sol contre Marco. Elle planta profondément ses crocs dans la patte avant du jaguar qui laissa échapper un grognement de douleur.

Le souvenir de la lionne plongeant ses dents dans ma sœur traversa mon esprit. Il relâcha d'autre fragments, des morceaux du passé dont je ne voulais pas dans ma tête en cet instant précis. Un phacochère enfonçant ses défenses dans le flanc d'un grand lion des montagnes couleur fauve. *Papa.* Un parquet ciré couvert de traces de sang. Les doigts de ma mère serrant les miens tellement fort qu'une vive douleur remonta dans mes os. Un gémissement allant en s'affaiblissant pour devenir un gargouillis, signe d'une gorge tranchée.

Un gloussement rauque ressemblant à un grondement de tonnerre sembla résonner tout autour de moi, devenant de plus en plus aigu au fur et à mesure que le sang coulait plus vite.

Mon estomac se retourna, menaçant de faire régurgiter mon déjeuner avalé à la hâte. Je m'agrippai au mur pour conserver mon équilibre.

—Ren ! dit Kylie.

Elle me prit dans ses bras par derrière. Je me laisser reposer contre elle rien qu'une seconde, puis je me motivai à aller de l'avant.

Je devais aider d'une manière ou d'une autre. Je ne pouvais pas rester en arrière au milieu d'une autre tuerie.

Je m'agitai à la recherche de quelque chose qui pourrait me servir d'arme. Un bout tuyau coudé était appuyé contre le mur en face de moi. Je le ramassai avant de me retourner pour chercher une cible à frapper sur la tête... et je m'arrêtai.

Il ne restait personne à frapper. Pendant que j'étais

absorbée dans mes souvenirs, mes alphas avaient terminé le travail. Le loup était juste en train de s'éloigner d'un vampire à qui il avait arraché la gorge. Le grizzly écrasait notre dernier assaillant encore conscient contre le mur encore une fois, et le suceur de sang s'effondra sur le sol. Aaron et Marco avaient déjà repris leur forme humaine. Du sang mouchetait le bras et les côtes de Marco, et Aaron boitait un peu en se dirigeant vers les vêtements qu'il avait jetés, mais sinon ils avaient l'air bien.

Et par bien, je voulais vraiment dire *bien*. Même avec l'adrénaline du combat qui coulait encore dans mes veines, je ne pouvais m'empêcher d'apprécier pleinement la vue de leurs physiques impressionnants. Les dieux s'étaient vraiment surpassés quand ils avaient créé ce quatuor d'hommes.

Le, hum…, l'imposant engin d'Aaron et ses fesses toutes aussi spectaculaires disparurent dans son boxer, puis dans son jean. Marco marcha nonchalamment vers un autre des vampires qui étaient tombés, ayant l'air de ne pas se soucier de montrer tout son matériel à qui éprouvaient l'envie de se rincer l'œil. Non, il n'en avait définitivement rien à faire. Il me lança un regard par-dessus son épaule bien musclée et me décocha un clin d'œil. Mon visage devint écarlate.

— Ren, dit Nate, homme de nouveau.

Il s'avança vers moi, puis il s'arrêta comme s'il réalisait soudain que son grand corps musclé plus sa nudité pourraient faire un peu beaucoup à supporter. Je suspectais ses vêtements de ne pas avoir survécu à sa transformation. Aaron lui fourra sa chemise dans les mains. Nate me lança un sourire penaud tandis qu'il nouait cette dernière autour de sa taille pour une décence de fortune.

— Vous allez bien ? Ils ne sont pas arrivés jusqu'à vous ?

Je secouai la tête et regardai Kylie. Elle allait bien aussi, mais ses articulations étaient blanches là où elle avait serré ses poings autour de l'ourlet de son débardeur.

— C'est terminé ? demandais-je. Est-ce que... vous les avez tous tués ?

— Ils ne sont pas morts, dit Marco en donnant un petit coup dans la jambe d'un mec avec son orteil. Ou pas plus morts qu'ils ne l'étaient déjà. Mais ils ne nous causeront pas de problème de sitôt.

— Quand les vampires sont assez gravement blessés, ils entrent en stase le temps de guérir, expliqua Aaron. Ils seront hors d'état pendant au moins quelques heures.

— Ils n'avaient pas prévu de tomber sur un groupe d'alphas, dit Marco avec désinvolture. Ça leur apprendra à être aussi arrogants.

Aaron lui lança un regard d'avertissement.

— On ne doit pas être arrogants nous non plus. Ils ont peut-être des renforts qui sont en chemin. Ils rapporteront sans l'ombre d'un doute la confrontation dès qu'ils seront remis. Quand ils l'auront fait, le seigneur vampire du coin ne sera pas content après nous. Ils *avaient* le droit de nous interroger et de nous attaquer après nous avoir trouvé sur leur territoire.

Marco haussa les épaules, mais l'expression de Nate s'assombrit.

— Il faut qu'on sorte Ren d'ici, et vite alors.

Aaron acquiesça de la tête.

— Je ne pense pas que c'est une bonne idée de rester dans la maison de Marco plus longtemps non plus. C'est le premier endroit où ils iront chercher des métamorphes qui ont récemment franchi la frontière. Est-ce qu'il y a des colonies de métamorphes où on pourrait se rendre aujourd'hui tout en nous accordant un peu de distance ?

West poussa un soupir. Mon regard se tourna brusquement vers lui. Je n'avais pas remarqué qu'il avait repris sa forme humaine, et voilà qu'il avait déjà remis ses vêtements. Il était juste en train de reboutonner sa chemise, une forme blanche ressemblant à un bandage disparaissant sous le tissu, tout comme les abdos musclés qui auraient fait pleurer d'envie la plupart des athlètes professionnels. Même si c'était un connard, je me sentis un peu déçu de ne pas avoir pleinement profité de la vue.

Puis il recommença à parler. Hélas.

— Ma famille a un village juste au sud de Morgantown, en Virginie-Occidentale, dit-il sur un ton clairement peu enthousiaste. Ou est-ce que vous voulez battre en retraite encore plus loin que ça ?

Aaron lui lança un regard calculé.

— Je pense que ça fera l'affaire.

Il se tourna vers Kylie.

— Tu n'es pas obligée de venir avec nous si tu préfères rester ici, mais je pense que tu ferais mieux d'éviter la ville quelques temps. Si les vampires ont flairé ton odeur, tu pourrais devenir une cible.

Kylie reluqua ouvertement son torse nu, et musclé, et lui adressa un sourire espiègle.

— Oh, ne t'inquiète pas, je préfère *largement* traîner

avec vous qu'avec ces sales types. Elle me tendit la main. Une virée ! Exactement ce qu'on a toujours rêvé de faire.

Je parvins à sourire en entrelaçant mes doigts avec des siens. Ce n'était pas la virée que j'avais imaginé faire avec ma meilleure amie. Par exemple, j'aurais préféré qu'elle commence avec un peu moins de corps à moitié morts. Et partir sans la menace de la vengeance des vampires planant au-dessus de nous sur la route.

14

Pour la troisième fois en trois jours, je me réveillai dans un lit que je ne connaissais pas. Sans climatisation dans cette maison qui ressemblait plus à une cabane qu'à une vraie maison, la chaleur d'une matinée de la fin du mois de juin pesait lourdement dans l'air. Je m'étais débarrassée de ma couverture, et le drap était enroulé autour de mes jambes.

Je m'assis sur le lit jumeau, observant la pièce que je n'avais vu que dans une semi-obscurité lorsque nous étions arrivés tard dans la nuit la veille. Quelques membres de la famille de métamorphes canins de West nous hébergeaient pour l'heure.

Kylie était étendue sur le lit semblable au mien en face de moi, son visage enfoui dans l'oreiller. Un faible ronflement s'élevait de ce dernier. Les seuls autres meubles dans la pièce était un tapis bien usé, une armoire en cèdre que dégageait une odeur âcre et sucrée, et un tabouret près de la fenêtre. La lumière du soleil se déversait sur le parquet.

J'ôtai mon drap et fouillai dans le sac que j'avais préparé avant que nous ne quittions précipitamment la ville. Les mecs nous avaient donné notre accord à Kylie et à moi pour qu'on s'arrête brièvement à notre appartement, j'avais donc mes propres affaires de rechange au lieu des tenues élégantes de Marco. Sachant qu'il était possible que nous devions courir ou nous battre de nouveau, je pris un bas de jogging et un T-shirt confortable. Une fois habillée, je tirai les boucles brunes de mes cheveux en arrière dans une tresse.

Maman avait l'habitude de me faire des tresses quand j'étais petite. Le fantôme de ses doigts effleura ma nuque tandis que je me coiffais. Ma gorge se noua.

Suis le cristal, m'avait dit sa voix la veille. J'avais passé une énorme partie du trajet jusqu'en Virginie-Occidentale à fixer cette plaque en cristal, et je n'avais toujours pas la moindre idée de comment j'étais censée la suivre où que ce soit. Si le motif sur cette dernière était censé me le dire, je n'étais toujours pas certaine de comprendre. Pour moi, il ressemblait juste à un enchevêtrement de lignes et de points.

Pourquoi est-ce qu'il a fallu que tu partes, Maman ? Je pensais à elle, où qu'elle puisse être. *Pourquoi ne pouvais-tu pas rester pour qu'on puisse faire ça ensemble ? Pourquoi est-ce que tu ne m'as rien expliqué avant de partir ?*

Je ne pouvais obtenir aucune réponse à ces questions en cet instant précis, bien sûr. Je poussai un soupir et ouvris la porte.

Soit la maison était vide, soir les autres occupants

dormaient encore. Le festin sur la table de la cuisine suggérait que *quelqu'un* était déjà passé par-là. Une riche odeur sucrée émanait des scones aux myrtilles fraîchement préparés. J'hésitai, mais la table avait visiblement été dressée dans l'attente des invités. J'en pris un que je tartinai de beurre avant de me diriger vers la porte d'entrée en mangeant une bouchée.

La pâtisserie friable fondit sur ma langue. C'était le paradis sur terre. Je fermai les yeux pour la savourer. Puis je jetais un œil dehors.

Le village dans lequel nous nous étions arrêtés était apparemment entièrement habité par des métamorphes. Aaron m'en avait dit davantage sur la culture de métamorphes durant le trajet en voiture. D'après ses dires, il était assez commun pour les métamorphes d'établir des communautés qui leur étaient propres, préservant l'illusion d'être des êtres humains normaux pour quiconque passait par-là, mais tout en ayant un peu plus de liberté pour être eux-mêmes le reste du temps.

— C'est plus facile que d'être constamment sur ses gardes et de devoir se rappeler que tu dois te fondre dans la masse.

Me tenant sur le pas de la porte de la cabane et regardant la terre battue de ce qui semblait être la place du village, je pouvais voir l'attrait de ce dernier. La plupart des gens qui flânaient dans des boutiques ou qui discutaient avec des amis avaient l'air d'être des humains normaux. Mais par ici un groupe d'adolescents plus âgés était en train de faire les beaux, certains d'entre eux faisant des expériences en laissant leurs oreilles canines dépasser de leurs cheveux humains. Par-là, un couple de renards qui était sans doute sorti pour une course matinale plongea dans sa maison en passant par une porte arrière battante. Il y avait un sentiment d'ouverture d'esprit qui flottait dans l'air et qui empêchait les inquiétudes de la veille de me suivre.

Tandis que j'observais, une silhouette familière apparut à l'extrémité de la place du village. Les rayons du soleil se prirent dans la couleur argent mêlé dans les cheveux auburn clair de West, me rappelant la fourrure rousse aux pointes argentées de sa forme de loup. Il marchait à côté d'une femme plus âgée qui faisait de grands gestes tout en parlant. Lorsqu'elle eut terminé, il lui dit quelque chose qui éclaira son visage.

West prit ses mains dans les siennes et inclina sa tête devant elle. Au moment où il la lâcha, elle lui tapota affectueusement la joue. Puis elle s'éloigna en souriant.

Quelques adolescents s'approchèrent en marchant d'un pas nonchalant. D'après leurs expressions, ce qu'ils disaient était assez insolent. West donna une petite tape espiègle derrière les oreilles du premier garçon. Ils firent une feinte allant d'avant en arrière, West laissant clairement de l'espace au garçon pour tester sa force. Il laissa le jeune garçon placer quelques frappes avec ses poings avant de le faire basculer rapidement et tomber sur ses fesses.

Le garçon secoua la tête avec un rire un peu piteux, et West fit un grand sourire, un vrai sourire détendu, pas un de ces sourires tendus que j'avais vu sur son visage avant ça. Une douleur envahit ma poitrine tandis que le lien entre nous me pinçait le cœur. Cet homme là-bas, agissant comme l'alpha pour son peuple... C'était un homme dont je pourrais vraiment tomber amoureuse.

Comme s'il avait senti mon regard, West tourna les yeux dans ma direction et croisa les miens. Une lueur de chaleur me traversa, faisant battre mon pouls plus vite.

Je ne devais pas me contenter de rester là, immobile, à le fixer bêtement, n'est-ce pas ? Je m'obligeai à quitter le seuil de la cabane pour me diriger vers la place du village.

Les deux adolescents qui se tenaient près de West me regardèrent pendant que je m'approchais. Au début, je crus qu'il s'agissait juste d'une curiosité normale. Mais l'un des deux fit signe au reste de leur groupe. Avant même que je n'arrive jusqu'à West, je me retrouvai encerclée. Ils m'observèrent de la tête aux pieds avec des reniflements subtils de leurs nez.

— Tu es la métamorphe dragonne, dit une adolescente d'un ton émerveillé. C'est tellement cool ! On est un peu les premières personnes à te rencontrer maintenant que tu es revenue.

— Oh, dis-je en me sentant gênée. Ouais, j'imagine qu'on peut dire ça comme ça. Moi aussi je suis heureuse de faire votre connaissance.

— Il faut *absolument* que je te voie te transformer, dit un des garçons. Ça doit être génial.

— Euh...

La voix d'une femme retentit.

— Les enfants !

Un couple d'âge moyen s'était avancé vers notre groupe. La femme chassa les adolescents. Elle se tourna vers moi.

— Je suis vraiment désolée. Ils ne savent pas ce que

c'est que le respect, à leur âge, et ça faisait tellement longtemps... C'est un honneur de vous offrir l'hospitalité.

— C'est un événement historique, acquiesça son mari.

Il serra brièvement ma main avec un sourire ravi.

Plus de personnes étaient en train de sortir de leurs maisons et des boutiques autour de nous. Ma poitrine commença à se serrer. Mes doigts me démangeaient. Je les mis vivement derrière mon dos... trop tard. Un anneau métallique chaud appuyait contre ma paume. J'avais pris la bague de la femme sans même le vouloir.

Une chaleur embarrassée envahit mon visage. Je me baissai et fis mine de la ramasser par terre.

— Je crois que vous avez laissé tomber ça, dis-je en lui tendant la bague.

— Oh ! Merci beaucoup. Je ne vois pas comment elle a pu glisser.

Je me mordis la langue. Un plus grand nombre de personnes étaient en train de se rassembler autour de moi. Les mots « *métamorphe dragonne !* » se transmettaient d'une personne à une autre dans un murmure.

— Je lui ai parlé en premier ! se vantait une des adolescentes.

Qu'attendaient-ils de moi ? J'espérai de toutes mes forces qu'ils n'attendaient pas de moi que je fasse une démonstration de mes merveilleux - mais totalement inexistants - pouvoirs de métamorphose.

West se fraya un chemin à travers la foule. Pour la première fois depuis que je l'avais rencontré, je devais bien avouer que j'étais heureuse de le voir. Il m'adressa un sourire laconique, mais ses yeux vert foncé étaient plus doux que d'habitude.

— Je crois qu'il faut qu'on discute de deux ou trois petites choses entre nous, dit-il suffisamment fort pour que les villageois l'entendent.

Ces derniers restèrent en arrière tandis qu'il me faisait rentrer dans la maison où j'avais passé la nuit. Sa main effleura le dos de mon bras nu. J'avais beau être bouleversée, le fait d'avoir conscience de son corps, à seulement quelques centimètres du mien, provoquait en moi une sensation de picotements qui se transforma en une plus grande attention.

West s'arrêta lorsque nous fûmes à une distance suffisante pour ne pas être entendus et fit un pas sur le côté pour me laisser plus d'espace. Cette séparation, elle aussi, me donnait l'impression d'une déchirure à l'intérieur de moi. Peu importe ce que je pensais de l'alpha loup et de son attitude, une partie de moi désirait très, très fort qu'il soit tout près.

— Ils... euh... sont vraiment enthousiastes, dis-je en espérant que mon désir n'était pas flagrant.

West caressa sa mâchoire, qui était couverte d'une légère ombre due à une barbe de trois jours qui rendait son beau visage encore plus séduisant. Il regarda de nouveau vers la place du village.

— Ils attendent le retour des dragonnes depuis longtemps. Te voir ici donne à certains un espoir qu'ils n'avaient pas avant.

— Mais pas toi, ne puis-je m'empêcher de le taquiner.

Il haussa les épaules.

— Je n'ai pas encore pris de décision.

Pourquoi le devrait-il, sachant que tout ce que j'avais été capable de faire la veille avait été de me recroqueviller dans un coin alors que nos vies étaient en danger ? Je ravalai une grimace et me tournai pour suivre son regard. Plusieurs villageois étaient encore regroupés, leurs yeux rivés sur nous. S'interrogeant à mon propos ?

Regardant autour de moi, je m'aperçus que quelque chose clochait. Il me fallut encore plusieurs secondes avant de mettre le doigt dessus.

— Il n'y a pas d'enfants. Ou est-ce qu'il y a une règle qui dit quand ils sont autorisés à sortir de la maison ?

Je n'avais vu personne qui semblait avoir moins de quinze ou seize ans.

La posture de West se raidit.

— Il n'y a eu aucune naissance d'enfant métamorphe en seize ans. En tous cas pas dans les familles de métamorphe. Les membres d'une famille ne peuvent pas concevoir d'enfant au sein de leur couple si l'alpha ne s'est pas uni à la dragonne. C'est un blocage biologique, pour s'assurer que des jeunes vulnérables ne naissent pas dans des périodes extrêmement troublées.

— Oh.

Mes yeux s'écarquillèrent.

— Parce que je....

Parce que maman et moi nous étions cachées à New York, tous les métamorphes étaient restés sans enfants pendant tout ce temps. Je lançai un regard à West. Il fixait toujours la place du village, son regard encore plus sombre que d'habitude.

— Est-ce que tu aurais *pu* prendre une autre compagne ? Je ne sais pas encore très bien comment tout ça fonctionne.

—Oui, dit-il. Je le pourrais encore. Je pourrais

renoncer lien existant pour en créer un nouveau. Mais une fois que c'est fait, un métamorphe ne pourra jamais s'unir avec la personne à laquelle il a renoncé. On ne peut pas revenir sur la décision.

Je sentis mon estomac se retourner. Alors pendant tout ce temps, malgré tous les doutes qu'il avait, il m'avait attendue. Même si pour ça il avait dû regarder sa famille continuer à vivre sans enfants.

Peut-être que je n'aurais pas dû l'accuser de manquer de loyauté.

— Je... je n'avais pas l'impression que cette solution te posait un problème, dis-je timidement.

Le regard de West revint brusquement se poser sur moi.

— J'ai *dit* que je n'ai pas encore pris de décision.

Il frotta son pouce contre sa paume dans laquelle se trouvait une cicatrice identique à celle qu'Aaron m'avait montrée. La marque de l'alpha.

— Je savais que tu étais en vie, même si je ne savais pas où tu étais. Je ne pensais pas que tu resterais loin pour toujours. Ça ne me semblait pas judicieux de rejeter quelque chose sans savoir ce que c'est.

— Je suppose que tu penses que ça vaut la peine que je reste en vie, dis-je en penchant la tête comme si j'étais en train de réfléchir. Tu t'es battu contre les vampires pour les empêcher de m'atteindre hier. Je devrais probablement te remercier pour ça. Alors merci. Je le pense vraiment.

— Ce n'était rien, dit West, d'une voix de nouveau bourrue. Aucun vampire n'arrivera à me blesser. Mais toi, tu *as* créé un sacré paquet de problèmes.

— Ouais. J'ai remarqué. Je suis désolée pour ça. Rien de tout ça n'était dans mes plans de vie, tu sais.

— Bien sûr que non.

Il scruta mon visage, une partie de la tension qui habitait le sien disparaissant. L'espace d'une seconde, je crus qu'il était sur le point d'ajouter quelque chose. Mon pouls se mit à battre plus fort sous l'intensité de son attention. Mais il resta silencieux.

Lorsque le silence commença à me ronger, je me sentis obligée de le briser.

— Tu penses vraiment que les anciennes traditions, avec les métamorphes dragonnes et les alphas, pourraient être une mauvaise chose ?

Il détourna le regard vers les bâtiments autour de nous.

— Je ne sais pas. Je n'aime pas voir à quel point ce système s'est avéré fragile. Une attaque sauvage, et on a failli basculer dans le chaos. Si les renégats vous avaient capturées ta mère et toi... Je ne dis pas qu'elles sont totalement mauvaises. Je ne veux juste pas partir du principe qu'elles sont justes. Je dois m'assurer que je fais le bon choix pour ma famille avant de faire un pas vers quelque chose sans pouvoir revenir en arrière.

Eh bien, s'il avait présenté les choses comme ça dès le début, peut-être que je n'aurais pas passé autant de temps sur les deux derniers jours à être énervée après lui.

— OK, dis-je. Ça se tient. Je peux respecter ça.

Il me décocha un regard que je ne pouvais décrire que comme surpris.

— Quoi ? dis-je en posant mes mains sur mes hanches. Tu ne pensais pas que j'étais capable de faire preuve d'une empathie humaine basique ?

Les commissures de sa bouche tressaillirent.

— Pour être honnête, tu n'es pas vraiment humaine.

— D'une empathie métamorphe basique alors. J'ai l'impression que nous aussi on a ça.

— Parfois, bref.

Il me fixa. L'énergie entre nous avait changé d'une certaine manière, et des petites décharges électriques parcoururent ma peau. Sa main se leva. Je m'attendais presque à ce qu'il la tende vers moi, pour m'attirer vers lui...

Mais il fit un geste dédaigneux avant de s'écarter.

— Je dois discuter avec quelques autres personnes pendant qu'on est ici, en ville, dit-il. Essaye de ne pas t'attirer d'*autres* ennuis, d'accord, Étincelles ?

— Je ferai de mon mieux, dis-je en marmonnant.

Est-ce que je m'imaginais des choses, ou est-ce que ce surnom semblait légèrement affectueux pour la première fois ? C'était difficile à dire lorsqu'il adoptait sa voix bourrue et pragmatique.

West partit dans la rue d'un pas raide. Il devait avoir dit quelque chose aux gens qui s'étaient attardés sur la place du village, car le groupe qui m'observait se dispersa. Je frottai mes bras, me sentant fébrile dans la chaleur montante de l'été. Et de la chaleur qui avait commencé à monter en moi quand je me tenais près de lui.

— Tout va bien, dit une voix érodée par le temps derrière moi.

En me retournant, je vis une vieille femme avec une tignasse blanche venir à côté de moi. Elle tapota ma main.

— Je suis Matilda. Ravie de faire ta connaissance, métamorphe dragonne.

Son comportement était si terre-à-terre après l'émerveillement dont avaient fait preuve les autres villageois que je me détendis instantanément.

— Ravie de faire votre connaissance aussi, Matilda.

Elle tourna ses yeux pâles couleur noisette vers le chemin que West avait emprunté.

— Je suis heureuse que Westley t'ait enfin trouvée, dit-elle. Je sais que tu seras bonne pour lui.

West*ley*, hein ? Je laissai échapper un petit rire.

— Je ne suis pas sûre qu'il serait d'accord avec vous sur ce point.

— Oh, ne laisse pas son sale caractère te décourager. C'est un bon garçon, même s'il met parfois du temps à faire confiance.

Depuis combien de temps le connaissait-elle ? Depuis qu'il était enfant... ou quoi... un louveteau ? Et maintenant, il dirigeait toute la famille de métamorphes.

— Vous semblez tous avoir beaucoup de respect pour lui, dis-je.

— Il l'a mérité, dit Matilda en appuyant ses mots d'un « mmm » comme pour acquiescer avec ses propres mots. Ce garçon a toujours fait passer sa famille avant tout le reste, même avant ceux à qui il tenait le plus.

Ça avait l'air d'être une histoire que j'avais besoin d'entendre. Mais avant que je ne puisse insister pour avoir des détails, Nate entra. Il fit un signe de tête respectueux à l'attention de la métamorphe plus âgée avant de se tourner vers moi.

— Après la nuit dernière, on s'est dit que te donner des cours de self-défense pourrait être une bonne idée, Ren. Si ça te dit.

N'importe quoi ferait l'affaire si ça voulait que je ne resterais pas plantée là comme une demoiselle en détresse la prochaine fois qu'on devrait se battre, même si j'espérais de tout mon cœur qu'il n'y aurait pas de prochaine fois.

—Bien sûr, dis-je. Allons-y.

15

Marco

Ma princesse des Flammes n'allait pas démolir des vampires d'ici la fin de la journée, mais il ne lui fallait pas longtemps avant qu'elle puisse se défendre toute seule. Elle imitait les mouvements des coups qu'Aaron lui montrait pendant que Nate levait ses grandes mains pour en faire des cibles.

Le métamorphe ours balaya sa jambe vers elle, et elle sauta prestement hors de portée. Aaron l'attrapa par des épaules. Elle se débarrassa de lui en utilisant la méthode que je lui avais enseignée, toute sourire. L'effort physique avait fait monter des couleurs incroyablement séduisantes sur ses joues. J'aurais parié que tout son corps agile était chaud au toucher.

Kylie, West et moi formions un public au bord de la clairière située aux abords du village. L'amie humaine de Ren sifflait et l'encourageait. Le loup paraissait avoir mangé quelque chose d'amer, mais c'était plus ou moins son expression habituelle, il était donc difficile d'en déduire quoi que ce soit.

Mais Ren avait encore du chemin à faire. Les gars y allaient toujours mollo avec elle. Je n'étais pas sûr qu'il s'agissait de la meilleure tactique à employer. N'avaient-ils pas vu à quel point cette fille était une bombe ? Tout ce pouvoir en elle ne demandait qu'à exploser.

Et quand elle arriverait à le laisser sortir, je serais à ses côtés.

Aaron échangea quelques frappes d'essai avec Ren. Elle les bloqua et donna un coup de poing, l'atteignant dans les côtes.

— Bien, dit-il. Est-ce que tu sens cette énergie combattive qui appelle ta dragonne ? Vois si tu peux te raccrocher à cette sensation et faire remonter cette forme à la surface pour te transformer.

Ren acquiesça de la tête, son expression se tendit, pleine de détermination. Oh, princesse, comme si une transformation était quelque chose qu'on devait forcer. Elle devait devenir amie avec sa dragonne intérieure, pas se battre contre elle.

Nate intervint, zigzagant d'avant en arrière avec une vitesse surprenante pour un mec de son gabarit. L'ours n'était pas que du volume. Il fit reculer Ren jusqu'à ce qu'elle plonge sous un de ses mouvements d'oscillation et qu'elle n'esquive en lui tournant autour. Une lueur féroce brillait dans ses yeux. Puis elle chancela. Ses épaules s'affaissèrent et elle passa sa main sur sa bouche.

— J'essaye, dit-elle Aaron. J'arrive à la sentir à l'intérieur. Je ne sais pas pourquoi je suis encore aussi bloquée.

Je m'avançais d'un pas tranquille.

— Peut-être que tu as besoin d'un autre type de provocation, dis-je, faisant une suggestion.

Elle se raidit, et la flamme dans ses yeux réapparut.

— Qu'est-ce que tu as en tête ?

Je fis rouler mes épaules, testant l'élasticité de ma chemise. Le tissu avait assez de souplesse pour rester confortable.

— Entraîne-toi un peu avec moi, et tu verras.

Aaron me fit signe de continuer et de prendre la relève.

— Si tu penses avoir une meilleure idée, Marco...

— Même si ce n'est pas le cas, un peu de variété n'a jamais fait de mal à personne.

Je lui lançai un grand sourire que j'adressai également ensuite à Ren.

— Allons-y princesse.

Nous décrivîmes des cercles l'un autour de l'autre, Ren me regardant avec circonspection. Attendant que je fasse le premier geste pour pouvoir décider de comment elle allait réagir. D'accord, je pouvais jouer le jeu. Je fis une feinte et lançai un direct contrôlé vers de son estomac. Elle esquiva et frappa le côté de mon bras avec un blocage bien exécuté. Puis elle plongea vers moi, balançant son coude pour me porter un coup dans les côtes. Je fis un petit saut et évitai l'attaque in extremis. Bon sang, cette fille était rapide quand elle le voulait.

Je me rapprochai, accélérant mes propres mouvements. Une tape sur l'épaule, un coup à hauteur de son cou. Et des attaques plus faibles dans lesquelles je plaçais assez de concentration pour m'assurer qu'ils faisaient mouche. Une caresse à sa hanche. Une touche fugace sur le côté de son corps. Je bloquai son poing en vol et laissai mes articulations effleurer la pointe de ses seins.

Elle eut le souffle coupé et ses joues devinrent encore plus rouges. Elle me regarda en plissant les yeux comme pour dire qu'elle voyait ce que j'étais en train de faire. C'était parfait. Je voulais qu'elle ressente ça. Qu'elle ressente le désir s'éveiller plus intensément entre nous à chaque fois qu'on se touchait.

Si l'agression ne faisait pas sortir sa dragonne, peut-être que la passion le ferait. Et si ça ne marchait pas, je prenais un plaisir fou dans ma tentative.

Ce que j'étais en train de faire était probablement devenu évident pour notre public à présent, mais je m'en fichais. Elle était ma compagne autant que celle des autres alphas. Ils feraient mieux de s'habituer à la voir avec moi.

Je saisi le moment où elle se baissa pour parer un coup de pied pour passer mes doigts sur sa joue. Elle se redressa brusquement et lança un coup de poing. Je l'esquivai et lui attrapa brièvement les fesses.

Avec un bruit de frustration intense, elle s'avança vers moi en donnant des coups de poings. Je zigzaguai d'avant en arrière, puis je m'élançai de nouveau vers elle au moment où elle s'y attendait le moins. Elle poussa un cri lorsque je la plaquai au sol. Je l'immobilisai dans l'herbe, mon corps appuyé contre le sien, mon membre devenant plus dur à chaque soulèvement de sa poitrine qui poussait ses seins contre mon torse.

— Marco, grogna-t-elle en me lançant des regards noirs, tandis que dans le même temps ses hanches s'inclinaient vers les miennes de manière accueillante.

Il y avait autant de désir que de frustration dans ses yeux.

— Oui, princesse ? dis-je doucement.

Avant qu'elle ne puisse répondre, je m'emparai de sa bouche sans un baiser.

~

Ren

Le baiser de Marco était aussi brûlant que le regard qu'il m'avait lancé une seconde plus tôt. Un frisson de plaisir me parcourut. Mon Dieu, qu'est-ce que j'avais envie de cet homme. Je ne pouvais rien faire hormis lui rendre son baiser avec autant d'intensité.

Il lâcha mon bras pour faire courir ses doigts de mes côtes à ma hanche, et ma main alla s'emmêler à ses cheveux. J'attirai sa bouche encore plus fort contre la mienne. Marco émit une sorte de ronronnement approbateur, encourageant mes lèvres à s'ouvrir avec sa langue exigeante. La mienne glissa sur la sienne, savourant sa bouche.

J'arrivais à sentir son pouls marteler dans sa poitrine, à sentir l'odeur épicée du café qui émanait de lui, à sentir chaque mouvement et chaque contraction de ses muscles comme si je l'enveloppais. Les griffes dans ma poitrine s'ouvrirent largement, s'étendant. Un goût de cendre entachait l'arrière de ma bouche, mais d'une manière certaine façon, ça rendait ce baiser encore plus délicieux.

Je mordillai sa lèvre inférieure et sentis le goût du sang. Les battements de mon cœur s'accélérèrent. Je n'étais pas qu'une simple fille avec qui flirter pour lui. J'étais une *dragonne*, et nous étions ici pour nous battre. Je ne pouvais pas le laisser me faire oublier ça.

Avec une force que j'ignorai avoir en moi, je repoussai Marco. Il en trébuchant. À la fois surpris et impressionné, il laissa échapper un rire. Puis je m'élançai vers lui, mes pieds semblant à peine toucher le sol.

Les sourcils de Marco se levèrent au moment où je balançai mon bras vers lui. Le vent sifflait étrangement entre mes doigts.

Ou plutôt entre mes serres. Des écailles s'étaient formées sur mes doigts et des griffes ressemblant à des dagues étaient apparues. *Oui.* Un sourire s'étira sur mon visage. Je filai encore plus vite, sentant la puissante énergie sinuer en moi, prête à se libérer.

Des cris me parvinrent depuis l'autre côté du terrain.

— C'est bien, Ren ! Tu es formidable !

— Magnifique. Abandonne-toi simplement à la transformation.

— Tu vas y arriver, Ren !

Les voix faisaient s'entrechoquer mes pensées. Je n'y étais pas arrivée, pas encore. Je voulais plus... je devais *être* cette dragonne.

Même si j'avais beau tâtonner après cette sensation sinueuse à l'intérieur de moi, elle se dérobait. Je tombai sur l'herbe. Mes mains heurtèrent le sol, à nouveau totalement humaines. Je les regardai fixement, ces doigts pâles et faibles. Ma vision se brouilla. Je clignai fort des yeux.

Non. Je n'allais pas pleurer. Pas devant les mecs. Même si je venais juste de prouver que j'étais un fiasco encore plus gros qu'avant.

J'avais été tellement *proche* de réussir.

J'enfonçai mes doigts dans la terre, enfouissant ma déception dans cette dernière de la seule manière dont je pouvais le faire. Une grande silhouette s'accroupit à côté de moi.

— Tout va bien, dit Nate. Tu peux y arriver. C'était un progrès.

— Il a raison, princesse, dit Marco en se tenant à une courte distance. Il va falloir du temps pour que tu obtiennes un contrôle total sur tes pouvoirs, tout comme il va nous falloir du temps pour devenir à des âmes-sœurs à part entière. Et je te promets que je suis plus impatient à propos de la deuxième.

Il eut un petit rire.

Nate le regarda en fronçant les sourcils et tendit sa main pour me frotter l'épaule.

— Tu devrais être fière de toi.

Fière de moi ? Alors que je n'arrivais pas à obtenir ne serait-ce que la moitié de ce qu'ils faisaient tous sans efforts ?

Je m'écartai de lui, me hâtant de me relever.

— Je n'ai pas besoin d'être couvée, dis-je. Il faut que je règle ça.

Aaron arriva en trottinant pour nous rejoindre. West et Kylie étaient restés en retrait, mon amie semblant inquiète mais incertaine du comportement à adopter. C'était un défi qu'elle ne pouvait pas relever avec moi.

— Je pense que tu te forces trop, dit Aaron de sa voix douce.

L'homogénéité de cette dernière, associée à ce ton

rauque et léger, semblait limer les arêtes tranchantes de mes émotions.

— Je connais quelques exercices mentaux qui pourraient aider la prochaine fois que tu essayeras. Tu pourrais faire une pause, et ensuite...

— Pas de pause, l'interrompis-je. Si tu as quelque chose à m'apprendre qui pourrait aider, faisons-le tout de suite.

Il s'arrêta un instant, mais hocha la tête ensuite.

— Très bien. Il regarda les autres autour de lui. On va avoir besoin de ne pas être dérangés pour ça.

Marco le salua.

— Profite de tes jeux psychologiques, l'aigle.

Nate recula, arborant une expression inquiète. Je ne savais pas quoi lui dire pour qu'il se sente mieux. Mon sentiment d'échec me piqua encore plus profondément dans la poitrine. Je me tournai vers Aaron.

— Allons-y.

Il me fit signe de le suivre. Au bord de la clairière, près des bâtiments les plus proches du village, un cercle de hêtres formait un petit sous-bois abrité. Nous nous glissâmes à l'intérieur. Aaron s'assit jambes croisées au milieu des arbres, et je l'imitai, m'asseyant face à lui.

— C'est une sorte de méditation que tu veux que je fasse ? demandai-je.

— Quelque chose comme ça. Pour commencer, tu pourrais te concentrer sur ta respiration. Sens-la se déplacer à l'intérieur et à l'extérieur de tes poumons. Laisse-la remplir entièrement ta poitrine avant de l'expulser. Obtiens un sentiment de contrôle sur elle et de comment en la modérant, tu peux modérer tes émotions.

Apparemment, il arrivait à savoir que mes émotions avaient grandement besoin d'être modérées. Je pris une inspiration, nerveuse à cause de la frustration. Mes poings se fermèrent sur les côtés. Non, ça ne correspondait définitivement pas à l'exercice. Je devais vraiment essayer.

Peut-être qu'il y avait une sorte de blocage artificiel à l'intérieur de moi qui m'empêchait d'approcher de ma dragonne. Peut-être que c'était *moi* qui la retenais, en me renfermant et en étant trop tendue autour d'elle.

J'inspirai plus lentement, laissant l'air couler dans mes poumons. Mes côtes augmentèrent en volume. Mon souffle saccadé en sortant, et je grinçai des dents. Pourquoi est-ce que je n'arrivais même pas à faire ça ?

— Hey, dit doucement Aaron. Tu viens ?

Il me fit signe de m'approcher. Je pivotai et me décalai vers l'arrière pour pouvoir m'appuyer contre ses jambes croisées. Il posa ses mains sur le haut de mes bras, ses pouces décrivant de légers arcs de cercle sur mes biceps. La chaleur de sa présence imprégnait mon dos, même si au moins trente centimètres séparaient nos corps. Ce lien, cette pression. Ce lien qui nous marquait comme étant des âmes sœurs. J'humectai mes lèvres, essayant de mettre de côté le désir en train d'enfler en moi.

— Ce n'est pas quelque chose qu'on maîtrise au premier essai, dit Aaron. Se détendre est une des choses les plus dures que doit faire quelqu'un comme nous. On réessaye ? Inspire et expire, lentement, doucement. Concentre-toi sur la sensation de mes mains et essaye de laisser toutes tes autres pensées flotter autour de toi.

Ses pouces continuaient à tracer soigneusement des arcs d'avant en arrière sur ma peau. Les pensées qu'ils provoquaient entraîner une tout autre sorte de frustration différente de celle que j'éprouvais avant. Mais je suivis ses instructions, fermant les yeux. J'inspirai et j'expirai. Comme le va-et-vient de ses caresses. Lentes et régulières. Rien d'autre ne devait compter en dehors de ça et de la chaleur de son contact.

Un autre souffle sortit de mes poumons, et je me rendis compte que j'étais en train de le faire. La tension avait quitté mon corps. La déception ne me faisait plus mal derrière mon sternum. Je ne savais pas si ça m'aiderait à faire sortir ma dragonne, mais ça m'avait définitivement fait du bien.

— Merci, dis-je. Je suppose que j'avais besoin de ça.

J'entendis le sourire d'Aaron dans le ton dans sa voix.

— Parfois, nous les métamorphes, on peut se faire happer par le côté animal de nos natures. Je pense qu'il est important de se rappeler qu'on est bien plus que ça. Nos esprits comptent aussi. Aussi agréables que puissent être certaines impulsions animales.

Une petite pointe d'espièglerie perçait dans le ton de sa voix dans sa dernière phrase. Je lui lançai un regard par-dessus mon épaule, et le sourire légèrement malicieux qu'il m'adressa envoya une vague de chaleur qui me submergea. Ainsi mon prince Disney avait un peu de piquant en lui, n'est-ce pas ?

L'attirance qui brûlait entre nous libéra un souvenir, un souvenir qui ne datait pas d'il y a très longtemps.

— Marco a dit quelque chose... Il a dit qu'avec le temps on deviendrait des « âmes-sœurs à part entière ». Je pensais qu'on l'était déjà. Est-ce qu'il y autre chose qu'on doit *faire*... ?

Aaron eut un sourire en coin.

— Il n'y a pas d'urgence, dit-il. Tu ne devrais pas franchir cette étape avant de te sentir totalement à l'aise avec l'idée, avec chacun de nous. Le lien entre les âmes-sœurs n'est confirmé qu'une fois consommé, c'est-à-dire qu'une fois que les partenaires... »

—... ont couché ensemble, dis-je en terminant sa phrase à sa place. Ah.

Je sentis mes joues devenir brûlantes.

— Ouais, je ne sais pas combien de temps il faudra pour que je sois prête pour ça. Je... je n'ai jamais... avant.

À cause de ce sentiment déchirant de griffures qui s'étaient toujours mis en travers du chemin. Mais je ne ressentais ça avec aucun des alphas. J'avais envie de m'ouvrir à eux. Du moins c'était ce que je pensais. Il y avait eu tellement de bouleversements et de révélations au cours des derniers jours... comment pouvais-je être vraiment sûre de ce que je voulais ? Qu'est-ce qui était le mieux pour moi ?

De ce qui était le mieux pour eux ?

— Tu savais qu'on était liés sans même le comprendre, dit Aaron.

Ses mains glissèrent légèrement sur mon chemisier pour masser légèrement mon dos.

— Il est possible d'être intime avec quelqu'un avec qui on n'est pas liés aussi, mais une partie de nous rechignera toujours. Je ne prétendrai pas que je n'ai pas eu de désirs et que je ne les ai pas assouvis jusqu'à un certain point, mais le même sentiment m'a toujours retenu. Le fait d'être aussi proche de quelqu'un d'autre ne collait juste pas.

Alors ce n'était pas juste moi. Eux aussi ressentaient ça

? Je le regardai de nouveau, des palpitations dans ma poitrine. Je les avais attendus sans le savoir. Et il m'avait attendue aussi.

— Il n'y a vraiment aucune raison de se précipiter pour prendre cet engagement, dit-il en me regardant de nouveau avec ces fameux yeux bleu clair. On t'a juste trouvée. On peut te laisser tout le temps dont tu as besoin.

Tout le monde ne voyait pas les choses comme ça. Je repensai brusquement aux paroles de West plus tôt ce matin-là. Ça devait être pareil pour toutes les familles de métamorphes, y compris celle d'Aaron. Plus je me retenais, le laissant sans partenaire, plus longtemps le reste de sa famille devait rester stérile.

—Es-Tu sûr ? demandai-je avant même de savoir que j'allais poser cette question. Je veux dire, que le fait de m'attendre soit la bonne décision ? Et si...

Ma voix hésita. Mes doutes se mélangeaient bizarrement à l'intérieur de moi.

Aaron se pencha en avant et enroula ses bras autour de moi, inclinant son visage près du mien.

— Je n'ai jamais été aussi sûr de quelque chose, Serenity. Tu es tout ce que je pouvais vouloir chez une âme-sœur.

Mon dos se tendit contre son torse. Il recula de quelques centimètres.

— Tu n'aimes pas que les gens utilisent ton prénom entier, n'est-ce pas ?

Je fis une grimace.

— Ce n'est pas tant ça... c'est juste que je me suis tellement habituée à faire semblant que ce n'était pas mon nom. J'ai l'impression que l'utiliser serait quelque chose dangereux.

— Encore une chose que tu dois reconquérir, murmura-t-il. Tu es Serenity Drake. Tu es la dernière de la lignée des métamorphes dragonnes. Cet héritage t'appartient à toi et à personne d'autre. Personne ne peut te le prendre.

Il déposa un baiser sur le point sensible juste derrière mon oreille. Une vague de désir me traversa, tout droit jusqu'à mon sexe. Je me rapprochai de lui et il me remonta sur ses genoux. Au moment où je levai la tête, ses lèvres étaient là pour rencontrer les miennes.

Nous nous embrassâmes jusqu'à ce que je commence à perdre mon souffle. Aaron passa son pouce sous l'ourlet de mon T-shirt. Je marmonnai des encouragements, et il fit glisser sa main sous ce dernier, sur ma peau nue. Il taquina mes seins avec ses articulations, faisant durcir mon téton. Je gémis, l'embrassant avec plus de force. Une boule tendue de désir se forma entre mes jambes.

Il fit doucement passer la bretelle de mon soutien-gorge sur mon épaule pour la desserrer. Puis il plongea ses doigts à l'intérieur du bonnet pour me caresser peau contre peau. Je haletai au moment où il fit rouler mon téton sous son pouce, rendant la pointe encore plus dure. Il pencha la tête et descendis le long de mon coup en mordillant ma peau.

Tous les nerfs de mon corps se mirent à ronronner à son contact. Je me laissais de nouveau emporter, mais ça ne semblait pas si effrayant que ça. Je pouvais le faire. Je pouvais prendre ce plaisir. Et si j'avais envie d'arrêter, je savais que la tout ce que j'aurais à faire, c'était de le dire.

Je glissai ma main sous le T-shirt d'Aaron, éprouvant le besoin de sentir les pectoraux de sa poitrine sexy et ferme. Toute cette force contenue. Je suivais les lignes de ces muscles jusqu'à la ceinture de son pantalon. Aaron poussa un gémissement en pressant mon sein. Son érection appuyait contre ma cuisse. Tellement grosse et tellement *dure*, tout entière pour moi.

Cette pensée envoya une poussée de désir en moi, mais accompagnée d'un éclat glacé de panique.

Je pouvais l'avoir lui. L'unir à moi pour qu'il soit mien pour le reste de ma vie. Si je disais que j'étais prête maintenant, que je le voulais tout entier, il n'hésiterait pas. Il se donnerait comme ça, pour toujours. À une métamorphe qui ne pouvait même pas se transformer, à une dragonne incapable de déployer ses propres ailes.

Je reculai, laissant retomber ma tête. La main d'Aaron s'immobilisa.

— On est allés assez loin ?

Je pris une profonde inspiration pour me calmer. Le désir continuait de me ronger. Mes lèvres étaient douloureuses tellement elles voulaient sentir de nouveau les siennes contre elles.

— On est allés assez loin, dis-je en acquiesçant. « Mais... on peut rester ici un moment

Il fit un grand sourire et rapprocha sa bouche de la mienne de nouveau.

16

—Ouah, dit Kylie, s'accrochant à mon bras. Les métamorphes savent comment manger, pas vrai ?

On se tenait à l'un des bouts de l'immense table qui avait été dressée sur la place du village. Elle s'étendait sur tout l'espace libre, et même encore il n'y avait pas assez de places pour que tous les villageois puissent s'asseoir. Beaucoup remplissaient leurs assiettes à partir des saladiers et des plats posés au milieu et déambulaient pour trouver un endroit par terre ou pour s'installer sur une des chaises supplémentaires disséminées sur la place du village.

Des odeurs délicieuses assaillaient mon nez : de la viande rôtie et des légumes mijotés et du pain frais. Je ne salivais pas, mais je n'en étais pas loin. Entre les entraînements et le flirt, j'avais développé un appétit bon pour le dîner. Je pris une des assiettes.

— Je ne pense pas qu'ils font ça tout le temps, dis-je.

— Évidemment. Kylie leva les yeux au ciel. Tout ça c'est pour toi. Tu es une vraie star !

Elle disait ça pour me taquiner, mais le fait était que ce n'était pas loin de la vérité. Chaque métamorphe devant lequel on passait me lançait un regard plus long que ce qu'il adressait aux autres. Plusieurs cuisiniers se précipitaient pour m'encourager à essayer cette cocotte-ci ou ces travers de porc-là. Une fois que nous eûmes fait main basse sur deux chaises sur le côté, un homme d'âge moyen s'arrêta devant nous et nous fit signe de retourner vers la table.

— Non, non, on a une place ici, bien sûr, dit-il en penchant la tête. Il y a toujours de la place pour vous à notre table.

Je cherchai mes alphas du regard, espérant que l'un d'entre eux pourrait intervenir et dire à tout le monde d'arrêter d'être aux petits soins pour moi, que je n'étais pas si importante que ça. Mais en fait, eux aussi pensaient que j'étais importante à ce point-là, n'est-ce pas ? West était occupé à déambuler au milieu de la foule, saluant quelqu'un par ici et tapotant amicalement une épaule par-là. Marco discutait avec des mecs à l'air malicieux. Nate et Aaron s'étaient arrêtés pour bavarder de l'autre côté de la table. Aucune aide de la part d'aucun d'entre eux.

D'autres villageois vinrent pendant que je mangeais. Dès que je finissais d'essayer quelque chose dans mon assiette, quelqu'un me ramenait deux morceaux de plus. Ils me regardaient avec enthousiasme, alors je faisais de mon mieux pour tout goûter, mais il ne fallut pas longtemps pour que mon estomac proteste, à la fois parce qu'il était rempli et à cause de la pression.

—Ça te dirait de faire une petite balade pour digérer un peu ce festin ? dis-je à Kylie.

Elle acquiesça en hochant la tête.

— Ouais, d'après ce que je vois, un peu d'air serait une bonne idée. C'est difficile d'être célèbre.

Elle me donna un petit coup de coude espiègle tandis que nous nous levions, mais elle nous ouvrit un chemin à travers la foule en s'excusant pour nous deux.

— On va juste faire une petite promenade. On revient vite !

Nous filâmes en douce entre deux boutiques qui avaient fermé pour la soirée, dépassant à la hâte une courte rangée de maisons avant de nous promener le long du bord des collines bordées d'arbres qui entouraient la majeure partie de la ville. Dès que les bruits du festin se furent estompés derrière moi, je poussai un soupir de soulagement. Kylie enroula son bras autour du mien.

— C'est bizarre, pas vrai ? dit-elle.

— *Tellement* bizarre.

J'éclatai de rire, contente qu'il y ait une personne qui comprenait ça. J'avais beau être une métamorphe de naissance, mais après toutes ces années en ville, vivant et croyant que je n'étais qu'une humaine, je ne trouvais pas ma place ici. Pas vraiment.

— Mais hey, au moins ce côté bizarre arrive avec quatre mecs super dévoués et super-méga-sexy.

Je lui donnais un petit coup de coude.

—Trois mecs dévoués et un qui n'est pas sûr que je mérite qu'on fasse attention à moi.

Elle pouffa.

— Oh non. J'ai vu la manière dont le Grand Méchant Loup te regarde.

— On est quand même liés, dis-je en marmonnant. Il ne peut pas s'empêcher de ressentir quelque chose. Ça ne veut pas dire qu'il veut que les choses restent comme ça.

— Oh, alors tu n'as peut-être que trois compagnons super sexy ? Je suppose que tu arriveras à survivre. Quand tu seras la reine de tous les métamorphes, peut-être que tu pourras trouver quelques extras à m'envoyer ?

— Tu aurais vraiment envie de ça ?

Kylie sortait avec des mecs de temps en temps, quand elle était d'humeur, mais elle n'avait jamais eu l'air à fond sur les garçons.

Elle haussa les épaules.

— Pourquoi pas ? S'ils ressemblent à ça et qu'ils vénèrent le sol sur lequel je marche, je ne vois pas comment ça pourrait mal se passer.

— Je ne sais pas. Tu pourrais apprendre que le futur de tous les métamorphes dépend de toi. Je commençais juste à m'habituer à la responsabilité d'avoir un loyer à payer.

Je lançai un regard en arrière vers la place du village, cachée au-delà des maisons.

— Tous ces gens pensent que je vais les *sauver*, je ne sais pas comment.

— OK, je vois en quoi c'est un peu trop.

Kylie laissa tomber sa main pour serrer la mienne.

— Tu n'es pas *obligée* de le faire, si ? Je veux dire, ton homme-loup parle tout le temps d'avoir un choix et de prendre ses propres décisions. Tu as le droit de le faire toi aussi. Si tu penses vraiment que tu n'es pas prête pour tout ce boulot de reine des métamorphes, tu ne peux pas leur dire que tu es en dehors du coup et qu'ils doivent trouver une autre compagne ?

Je marquai une pause. Je n'avais pas vraiment envisagé cette possibilité avant.

— Je suppose que si. Mais ensuite les familles de métamorphes seront livrées à elles-mêmes, rien ne les unira. D'après ce qu'ils ont dit, ça a toujours été la métamorphe dragonne qui tenait ce rôle. Et je suis la seule dans le coin.

Peut-être la seule tout court.

Qu'est-ce qui serait arrivé si mes sœurs aînées avaient survécu ? Est-ce que j'aurais endossé ce rôle tout court ou est-ce que je me serais contentée de regarder de loin ? Je n'avais pensé à poser cette question avant, mais à présent ça me démangeait. Il faudrait que je leur demande la prochaine fois que j'en aurai l'occasion.

Kylie agita en l'air sa main libre.

— Je dis juste que tu n'as pas signé pour ça. C'est ta vie aussi. Peut-être que quand tu retrouveras ta mère, elle pourra t'aider à y voir plus clair.

— *Si* je retrouve ma mère. Je n'ai toujours pas la moindre idée de pourquoi elle m'a envoyé dans ce tunnel de métro.

Je plongeai ma main dans mon sac pour en sortir la plaque de cristal. C'était ce que j'avais de plus proche ayant un lien avec maman, alors je la gardais avec moi. Mais le fait de regarder sa surface brillante ne faisait que m'agacer encore plus.

— Pourquoi ne m'avait-elle pas laissé un mot ou quelque chose pour me dire ce que je suis censée faire avec tout ça au moins ?

Est-ce qu'elle avait prévu de m'en dire plus ? Je repensai à la voix que j'avais entendu dans ma tête, elle s'était arrêtée si abruptement... Était-ce parce que c'était tout ce qu'elle avait à dire ou était-ce parce qu'elle avait été interrompue ? Peut-être qu'elle avait eu maille à partir avec des vampires là-bas elle aussi.

Peut-être qu'elle n'avait pas réussi à les passer sans un escadron d'alphas pour se battre à ses côtés.

Non. Je ne pouvais pas penser comme ça.

Je fis tourner le cercle, regardant la lumière jouer sur sa surface légèrement gravée.

— Je peux voir ? dit Kylie.

Je lui tendis la plaque, et elle leva cette dernière au-dessus de sa tête comme pour examiner le ciel à travers. Elle plissa son nez avant de me rendre l'objet.

— Nope. Je ne comprends toujours pas. Mais c'est vraiment une belle œuvre abstraite.

Elle remua ses doigts au-dessus de la plaque.

— Peut-être qu'il te faut un peu de vaudou pour activer...

Je remarquai l'ombre mouvante du coin de l'œil seulement un instant avant qu'un loup à la fourrure noire ne bondisse hors de cette dernière. Cet instant me sauva la vie. Le loup fonça droit vers ma gorge, et mes réflexes se déclenchèrent juste suffisamment tôt pour que je me tourne sur le côté.

La bête heurta mon épaule au lieu de mon cou, ses dents labourant ma chair à travers la manche de mon T-shirt, des pattes me rouant de coups sur le sol. La douleur se répandit dans mon bras. Avec un sursaut, je ripostai avec la seule chose qui se rapprochait d'une arme que j'avais sur moi, la plaque de cristal dans ma main. Je le cognai contre le crâne du loup.

La créature fit un bond en arrière de quelques centimètres, du sang dégoulinant de sa gueule. Il fracassa sa patte contre la plaque en retroussant ses babines. L'épais cristal ne se brisa pas, mais il sortit de mes doigts serrés et roula sur l'herbe.

Un mouvement flou passa à côté de moi en un éclair. Kylie poussa un cri perçant. J'entraperçus des bras s'agitant dans tous les sens puis deux corps couverts de fourrure et menaçants au-dessus d'elle. Puis le loup se jeta de nouveau sur moi. Je donnai un coup de pied dans son corps lourd, percutant sa mâchoire avec mon coude, et poussai un cri, toute la panique et la douleur se déversant en moi.

— À l'aide ! Que quelqu'un nous aide !

Le loup me donna un coup de patte à la tempe en grognant. Ma tête se mit à tourner. Je donnai des coups avec tous mes membres. Tant que je continuais à bouger, tant que je continuais à me débattre, j'avais une chance. Il plongea ses dents dans mon avant-bras avec lequel je parais, et une vive douleur se mit à irradier à travers ma chair. Un gémissement jaillit de ma gorge. Je donnai un coup de genou dans le ventre de la créature, mais sans parvenir à la faire bouger. Elle lacéra mon abdomen avec ses griffes, créant une autre vague de douleur proche de l'agonie.

Où étaient ces fichus griffes que j'avais réussi à faire pousser ce matin ? Si je parvenais juste à me transformer en cet animal à écailles crachant du feu que je savais que j'avais en moi, je montrerais à cette bête ce que ça faisait vraiment d'avoir mal.

Mais les grattements à l'intérieur de moi semblaient plus désespérés que déterminés. À chaque fois que j'essayais d'atteindre le pouvoir à l'intérieur de moi, le loup tirait violemment sur mon bras ou plantait de nouveau ses griffes dans mon corps. J'étais incapable de me concentrer sur autre chose que sur le brouillard de douleur qui m'enveloppait.

Des cris résonnèrent. Le loup tressaillit. Il mordit encore une fois ma gorge, mais je réussis à frapper son museau sur le côté avec mon bras dans lequel je sentais mon pouls palpiter. La puanteur de son souffle rauque envahit mes narines au moment où ses crocs entaillèrent mon menton. Puis il partit d'un bond.

Un tonnerre de pattes en train de courir se fit entendre autour de moi. Une meute de loups complète passa à côté de moi, grognant et hurlant après les animaux en fuite.

Tout mon corps était en feu, et pas dans le bon sens. Je roulai sur le côté, vers Kylie. Mon T-shirt en lambeaux tirait sur mes blessures, poisseux de sang. D'autres traces maculaient la main que je tendis vers ma meilleure amie.

Kylie était étendue dans l'herbe, son visage tourné de l'autre côté, son bras tordu à un angle contre nature derrière elle. Sa coupe à la garçonne était striée de rouge.

C'était ma faute. Je ne l'avais pas protégée. Je n'avais même pas été capable de me protéger.

Quelques-uns des corps en train de courir se transformèrent pour prendre une forme humaine autour de nous. La main chaude de Nate appuya sur mes côtes.

— Ren ! Vite, il faut qu'on arrête le saignement.

Aaron pressa un T-shirt roulé en boule sur mes côtes. La douleur cinglante se répandit et je me mis à frissonner.

— Ça va aller, dit-il. Tu es déjà en train de guérir. Les dragonnes guérissent vite.

Mais même sa voix douce semblait saccadée.

— Kylie, dis-je.

Marco tomba à genoux à côté de moi et me prit la main pour m'empêcher de bouger mon bras plus que je ne l'avais déjà fait. Quatre femmes s'étaient réunies autour de mon amie. L'une d'entre elles ouvrit son poignet avec ses dents et fit couler son sang sur les blessures de Kylie. Les autres appuyaient des bandages sur ces dernières.

— Elle est vivante, dit l'une d'entre elles en croisant mon regard. On va s'assurer qu'elle le reste. Aucun renégat ne prendra une vie sous notre surveillance. Je me viderai de mon propre sang avant de laisser ça arriver.

Vivante. Kylie était vivante. Un petit frisson de soulagement me parcourut. Pas assez pour déloger le nœud de culpabilité dans mon estomac, mais je finis par me laisser tomber dans l'herbe.

Aaron avait raison. Une sensation de chaleur se divisant remontait à présent jusqu'à ma peau en partant de l'intérieur de moi, recousant ma chair. Au moins cette partie de mes pouvoirs de métamorphe n'avait pas besoin d'être amadouée pour fonctionner.

La sensation me faisait presque aussi mal que lorsqu'on m'avait infligée ces blessures. Mes paupières s'alourdirent tandis que l'épuisement me submergeait.

— Qu'est-ce qu'ils lui ont fait ? dit une voix au-dessus de moi.

Était-ce West ? Je ne l'avais jamais entendu avoir l'air aussi affligé.

— Ils l'ont mordue et griffée, mais rien de trop

profond pour qu'elle ne puisse pas guérir seule, dit Aaron. Ils essayaient clairement de faire bien pire. Vous avez réussi à en attraper un ?

— Pas tout à fait.

West cracha ces mots.

— Certains se sont jetés sur un des coyotes, mais ils ne se sont pas arrêtés pour poser des questions. Et il ne répondra plus jamais à aucune maintenant. Les autres sont partis trop vite. Des renégats.

— Ils avaient tous l'air de faire partie de la famille canine, remarqua Nate.

— Ils *ne sont pas* de ma famille, répliqua sèchement West. Peu importe à quoi ils ressemblent.

— C'était évident que le groupe de renégats allait envoyer des canidés pour une attaque ici, dit Aaron. Ils espéraient que vous ne les sentiriez pas approcher comme ils se mélangeraient à la population locale.

Il caressa mes cheveux de sa main. J'ouvris les yeux et il m'adressa un sourire crispé.

— C'est une bonne chose qu'on ait commencé les cours de self-défense.

— Je n'arrivais pas à le décoller de moi, murmurai-je, ma gorge irritée. J'ai essayé… je n'ai pas pu les arrêter…

— Hey, dit Nate. Tu les as empêchés de te *tuer*. C'est tout ce qui compte.

Marco se releva.

— Alors ils savent déjà qu'on est ici. C'est vraiment dommage. On va devoir partir du principe qu'ils suivent nos moindres faits et gestes à partir de maintenant.

Allions nous bouger ? Je ne voulais aller nulle part. Je ne voulais pas qu'ils partent. S'ils partaient…

Mes pensées se brouillaient dans ma tête. J'avais trop mal pour pouvoir y mettre de l'ordre. Je penchai ma tête et mon regard se posa sur la plaque de cristal.

Elle était posée dans l'herbe, appuyée contre une pierre, là où elle était tombée. Une giclée de sang éclaboussait sa surface transparente. Éclaboussait et s'infiltrait dans les lignes et les points de la gravure. Je fixai cette dernière, ma vision me faisant voir en double avant de se rétablir de nouveau tandis que mon corps tout entier palpitait. Un souvenir se mit à ondoyer derrière mes yeux.

Maman, appuyée sur la table de notre salle à manger, penchée sur une carte sur sa tablette. J'avais regardé par-dessus son épaule au moment où passais à côté, et elle avait tapoté sur l'écran pour fermer l'application.

Qu'étais-tu en train de regarder ? lui avais-je demandé, et elle avait dit : *Rien dont tu dois te soucier.* Et deux jours plus tard, elle disparaissait.

Les lignes et les points... je n'avais pas vu leur motif exact avant, mais j'avais vu des motifs qui y ressemblaient. Ils étaient disposés comme s'ils décrivaient des routes, des rivières et des villes sur une carte. Ils m'avaient semblé si aléatoires avant, mais maintenant, sous cet angle, alors qu'ils étaient dessinés si nettement avec mon sang, l'image complète devenait claire.

Suis le cristal. Cette satanée chose était une carte au sens littéral.

17

Ren

— Tu es sûre que c'est le bon endroit ? dit West en regardant mon téléphone en fronçant les sourcils.

J'étais posé au milieu de la table, au centre de notre groupe de cinq, l'application de cartes ouverte.

— Regardez, dis-je en faisant un geste entre cette dernière et la plaque de cristal. Elles sont pratiquement identiques. J'ai étudié de près tout le pays, et c'est le seul endroit qui y ressemble autant.

Aaron rapprocha un peu le téléphone vers lui pour l'examiner.

— Sunridge, Wyoming. As-tu une idée de pourquoi ta mère aurait voulu que tu ailles là-bas ?

— Ou de pourquoi il y aurait une belle image de cet endroit gravée sur un cristal au départ ? remarqua Marco.

Je secouai la tête. Les muscles de mon épaule

tiraillèrent avec le mouvement. J'avais continué de guérir pendant mon sommeil la nuit précédente, mais des marques rouges striaient encore mon bras et ma poitrine et mon abdomen là où le loup m'avait lacérée. La douleur n'avait pas entièrement disparu non plus.

— Je n'en ai jamais entendu parler, dis-je. Maman ne l'a jamais mentionné. Mais pourquoi m'aurait-elle envoyée chercher le cristal si elle ne voulait pas que j'aille à l'endroit qu'il montre?

— On peut faire le trajet, dit Nate. Même si on s'arrête pour la nuit, on sera là-bas demain. On pourra s'occuper du reste une fois qu'on aura vu ce qu'il y a là-bas.

— J'ai beau adorer l'idée de vivre une bonne aventure, dit Marco, j'en ai un peu marre des surprises en ce moment. Je dis qu'on ne devrait pas partir avant que les hommes du Loup aient terminé leur patrouille.

Il lança un regard vers West qui lui répondit par un bref hochement de tête.

— Ils inspectent encore la zone autour du village pour essayer de trouver d'autres signes d'activités des renégats. Je pense qu'ils viendront faire leur rapport d'ici deux ou trois heures.

— Alors on reste dans le coin jusque-là ? dis-je. Dans ce cas, je veux encore m'entraîner à la défense.

Les sourcils d'Aaron se levèrent légèrement.

— Tu es encore en convalescence. Tu ne devrais pas mettre trop de pression sur ton corps.

Je repoussai ma chaise.

—Je ne dis pas qu'on va y aller à fond. Mais j'ai besoin de pouvoir mieux me débrouiller si je dois me battre. Il est évident que ces mecs sont toujours après moi. Cette attaque ne sera pas la dernière. Je veux savoir comment je peux m'en sortir la prochaine fois en comptant sur autre chose que la chance.

— Ren, commença Nate, mais West lui jeta un regard noir.

— Elle veut s'entraîner. Elle dit qu'elle peut le supporter. C'est une dragonne oui ou non ?

Bonne question. Mon regard se tourna brusquement vers le plafond. Kylie était allongée dans une des chambres à l'étage, se reposant après les blessures qu'elle n'avait pas les capacités surnaturelles de guérir rapidement. Il n'y avait pas que ma vie à moi qui était en jeu.

— Je suppose que je vais me contenter de me battre avec West si aucun autre d'entre vous ne veut venir, dis-je.

West me regarda en plissant les yeux au moment où je lui lançai un sourire de défi.

Finalement, nous nous retrouvâmes tous les cinq à piétiner de nouveau dans la clairière où nous nous étions entraînés le matin précédent. Quelques villageois nous suivaient, mais à mon grand soulagement West leur parla et ils s'éloignèrent. Je déplaçai mon poids d'un pied à l'autre, la nervosité courant à travers mes muscles.

J'étais bien trop tendue. Ça ne m'avait été d'aucune aide la veille. Repensant à mon petit interlude avec Aaron, à la partie avant que je ne sois distraite par ses mains et ses lèvres, j'inspirai lentement et sentis mes poumons prendre du volume. J'inspirai et j'expirai, ma respiration constante et régulière. J'avais passé tellement de temps à me cacher, sans même savoir pourquoi, mais maintenant je pouvais laisser sortir ma dragonne en toute sécurité. Mais à présent, j'*avais besoin* de le faire.

Les métamorphes renégats qui m'avaient attaquée la veille au soir, ils ne s'étaient pas souciés du fait que je ne pouvais pas encore accéder à mes pouvoirs. Ils m'avaient quand même vue comme une menace. À cette pensée, la colère se mit à bouillonner dans ma poitrine, parallèlement à un regain d'énergie semblable à un battement d'ailes puissantes. Je pouvais devenir cette menace. Je l'avais en moi... je le savais.

— Quand tu es attaquée par quelqu'un de plus fort que toi, il n'y a aucune honte à tirer parti de tous les moyens qui sont à ta disposition, dit Aaron.

Il pointa son doigt vers son propre corps.

— On a tous des points faibles où un seul coup peut faire beaucoup de dégâts. Les yeux. La gorge. L'aine. Si tu peux frapper à un de ces endroits, fonce.

— Mais peut-être pas quand tu t'entraînes avec nous, renchérit Marco. Personnellement, je préfère garder mes bijoux de famille intacts.

Nate leva les yeux au ciel à l'attention du métamorphe jaguar.

— Tu n'aides pas, Marco.

Il lança un regard vers Aaron.

— Peut-être qu'on pourrait lui trouver une arme avec laquelle elle se sentirait à l'aise, pour l'instant en tous cas.

— Et enfreindre la loi des métamorphes ?

West secoua la tête.

— Tu es devenu fou ? Je pensais que toute cette histoire de la ramener à la maison avait pour but de calmer tout le monde, pas de créer encore plus de tensions.

— Il y a une loi qui interdit d'utiliser des armes ?
dis-je.

Aaron acquiesça de la tête.

— Les familles de métamorphes ont décidé ensemble
qu'aucun métamorphe ne devait en attaquer un autre avec
autre chose que sa propre force. La force dont nous avons
héritée et que nous avons gagnée. Sortir vainqueur de ce
genre de combat est une juste mesure en termes de
victoire. Ça veut aussi dire que la plupart du temps,
personne n'a à mourir à cause d'une bagarre.

— Mais elle n'arrive toujours pas à utiliser toute sa
force, dit Nate. S'il n'y a jamais eu un moment pour faire
une exception...

— Non, dis-je rapidement.

Je ne voulais pas que d'autres exceptions soient faites
pour moi.

— Je dois apprendre à faire ça à la manière des
métamorphes. Allez. Qui va venir me tester ?

Marco fit un pas avant avec son sourire espiègle.
J'agitai un doigt devant lui.

— Pas d'espiègleries cette fois.

—Je ne sais pas si j'aurais qualifié ce qu'on avait
commencé à faire hier de *d'espiègle*, dit-il d'une voix
traînante.

L'amusement et l'ardeur se mélangeaient dans son
regard. Le souvenir de notre baiser attisa les braises du
désir en moi. Je déglutis et levai mes mains dans un geste
de défense.

Ce désir avait joué en ma faveur la veille. S'il existait
un moyen me permettant d'associer ça avec la lucidité

d'Aaron et ma colère contre les agresseurs de la nuit précédente...

Marco s'approcha de moi avec une feinte rapide et en balançant son poing. Je fis un pas de côté pour esquiver et parvint à le frapper au genou.

—Oh, tu ne t'en tireras pas avec ça, dit-il, ses brillants yeux indigo, et il m'attrapa par la taille.

Je réussis à m'arracher de ses bras en tournant sur moi-même, mon cœur battant plus vite.

Tandis qu'il décrivait des cercles autour de moi, je revoyais l'attaque de la nuit précédente. La virulence des dents et des griffes du loup renégat lacérant ma chair. Elles n'auraient pas pu taillader des écailles. J'aurais pu me dresser au-dessus de lui et l'embraser.

La prochaine fois, je le ferai. La prochaine fois.

Je m'accrochai à cette pensée et envoyai mon poing vers Marco avant de me précipiter hors de sa portée. Ma poitrine commençait à être oppressée à cause de la tension, mais je pris une profonde inspiration dans une volonté de la relâcher. Je n'allais pas forcer ma dragonne. J'allais la laisser venir à moi de manière naturelle. Parce que c'était qui j'étais. Parce que ces bêtes nous avaient menacées, moi et les personnes auxquelles je tenais, et je n'allais pas laisser passer ça.

Du coin de l'œil, je vis Aaron faire signe à Nate.

— On va un peu corser les choses.

Nate se défit ses vêtements en quelques mouvements fluides. Avant que je ne réalise ce qui était en train de se passer, il avançait vers moi sous sa forme d'ours. Marco fit une embardée sur le côté en riant dans sa barbe.

Nate me montrait ses crocs, mais son visage de grizzly parvenait à rester contrit en même temps.

— Tout va bien, lui dis-je. Viens m'attraper.

Il bondit plus près de moi et me domina, debout sur ses pattes arrière. Une patte gigantesque se balança en direction de ma tête.

Je plongeai sous cette dernière, mon pouls battant à toute vitesse dans mes veines. Le miroitement des griffes et la présence animale massive firent remonter d'autres visions de la nuit précédente. Et encore plus de la terreur de cette dernière. Les coupures refermées sur mes bras et mon torse me piquaient.

J'étais plus forte que ça. Je l'*étais*. Je m'élançai vers les jambes couvertes de fourrure de Nate, essayant de lui faire perdre l'équilibre. Il vacilla et tomba sur moi, mais je roulai sur le côté juste à temps. Mes pieds semblaient mordre le sol tandis que je poussai pour me mettre debout. Je sentis la force se rassembler dans mes cuisses. Un goût de cendres remonta dans ma gorge.

Oui. Il plongea vers moi et je bondis sur le côté, plus vite qu'avant. Mes hanches étaient en train de se tasser et de s'élargir, des muscles inutilisés déployant leur force. L'armure d'écailles fit naître des frissons sur ma peau, de mes genoux à ma taille. Une démangeaison se forma au milieu de mon dos, là où mes ailes devaient se former.

Laisse-la venir. Laisse-la venir. Mais tandis que cette sensation m'emportait, mes poumons se gonflant, un sursaut de panique me prit.

Qu'est-ce que j'étais en train de faire ? J'étais incapable de la contrôler, incapable de sentir où elle allait s'arrêter.

J'avais perdu tellement. Je ne pouvais pas me perdre moi aussi.

Ces pensées n'étaient pas très censées, mais elles ébranlaient ma transformation. Je trébuchai et tombai à genoux. Des genoux qui étaient pâles et humains, visible à travers les déchirures dans mon pantalon de jogging.

J'avais commencé à me transformer. Mon pantalon tombait à l'endroit où mes jambes avaient gonflé pour se rapprocher de la taille des pattes d'une dragonne. J'empoignai les lambeaux, regardant la chair en-dessous comme si je pouvais faire en sorte que les écailles reviennent.

Je m'étais rapproché du but. Tellement que j'arrivais à sentir le goût du feu au fond de ma bouche.

— Tu sais, Étincelles, je commence à penser que *tu* veux que ça marche encore moins que les autres, dit West depuis le bord de la clairière.

Ma tête se releva brusquement, mes joues en flammes.

Nate grogna, reprenant sa forme humaine tandis qu'il se dirigeai vers West.

— Est-ce que tu pourrais la fermer pour une fois ? répliqua-t-il sèchement. J'aimerais bien voir comment tu gérerais la transformation si tu avais passé seize ans sans avoir la moindre la chance d'essayer.

— Nate, dit Aaron, et l'homme plus grand s'interrompit.

Le métamorphe aigle se tourna vers West.

— Je suis d'accord avec lui néanmoins. Si tu dois rester ici juste pour ronchonner, alors tu peux partir.

West prit un air renfrogné. Là tension dans l'air me déchirait. Ça aussi c'était ma faute, ce conflit entre les alphas. Parce que j'étais incapable de faire la chose que j'étais née pour faire. Merde.

Marco pencha la tête.

— On va avoir de la compagnie, dit-il. Viens ici, princesse.

Il tendit sa main vers moi pour m'aider à me relever. Je me cramponnai à mon bas de jogging en lambeaux, serrant les plus larges morceaux de tissu devant mon entrejambe. Marco arbora un petit sourire narquois l'espace d'une seconde pendant que je me mettais debout.

— Rien que je ne verrai bien assez tôt.

Sa voix espiègle me fit frémir d'anticipation malgré mon agitation émotionnelle.

Un groupe de métamorphes apparut à la lisière de la clairière. Des membres de la famille de West... j'apprenais à lire les signes. Les métamorphes canidés avaient tendance à être minces et dégingandés, mesurés et méfiants. J'aurais parié que la rousse qui avait l'air d'avoir à peine vingt-et-un ans était une renarde.

West alla à leur rencontre en marchant d'un pas raide.

— Votre rapport ? dit-il.

— Aucun signe de renégats dans un rayon de trente mètres, dit l'homme qui se trouvait à l'avant du groupe. On n'a même pas senti leur odeur. Qu'importe comment ils sont arrivés ici, ils sont partis maintenant.

— Ils ne sont pas partis très loin, j'en suis sûr, marmonna West.

Il se retourna vers nous.

— Si on part, on doit le faire pendant qu'on sait que le périmètre immédiat est sans danger. Il y a moins de risques qu'ils observent d'assez près pour avoir la moindre idée de là où nous allons. Je veux entendre les détails du rapport, ensuite je serai prêt à partir. Étincelles, change de pantalon entre-temps.

~

Une fois mon sac fait et mes jambes re-couvertes par un pantalon que je n'avais pas massacré, j'entrai dans la chambre de Kylie pour la voir seule à seule.

Elle était assise sur le lit, son dos appuyé contre un oreiller, balayant l'écran de son téléphone avec son pouce. Des bandages épais couvraient son cou et son bras droit, et ce n'était que ceux qui étaient visibles. Un hématome violet marquait son front. Nos hôtes métamorphes avaient lavé le sang de ses cheveux, mais les mèches roses retombaient plus mollement que d'habitude. Mais elle sourit en me voyant et posa son téléphone.

— C'est l'heure du départ ? dit-elle.

— Ouais. J'hésitai. Je ne veux pas te laisser ici avec des étrangers, mais on ne sait pas si les renégats attaqueront de nouveau quand on sera …

— Oh, Ren.

Elle tendit les bras, m'invitant à m'approcher. Je me laissai aller à son étreinte. Je l'étreignis délicatement, inquiète pour ses blessures, mais elle me serra de toutes ses forces.

— Ne t'en fais pas pour moi. Ces gens s'occupent très bien de moi. Tu as tes trucs à faire. Je vais rester encore un peu, et Aaron a dit que ça serait ok de pour retourner en ville une fois que je serai complètement guérie. Tu dois juste me promettre que tu viendras me voir même si tu es débordée par tes trucs de reine des métamorphes, compris ?

Un sourire triste étira mes lèvres.

— Bien sûr. Tu es toujours ma meilleure amie.

— C'est ça. Meilleures amies pour la vie.

Elle me lâcha pour lever sa main et nous fîmes un check.

— Ne te laisse pas trop distraire par tous ces mecs à croquer non plus, ok ? Mais tu devrais te laisser aller et te faire plaisir au moins un peu.

Je sentis une bouffée de chaleur chatouiller ma nuque.

— Je crois que c'est bon de ce côté-là.

— Oh oh ! Encore quelque chose qu'il va falloir me raconter dans les moindres détails.

Elle tapota mon bras une dernière fois et me fit signe de partir.

— Concentre-toi sur le fait de retrouver ta mère. Je veux aussi tout savoir sur la fin de ce mystère.

— Une fin heureuse j'espère, dis-je avec la franchise la plus totale.

Qu'est-ce qui nous attendait à Sunridge, Wyoming ? Un autre indice vers un autre embranchement de cet étrange jeu de piste dans lequel ma mère nous avait entraînés, ou de véritables réponses cette fois ?

Est-ce que *Maman* attendait là-bas ? Je ne savais pas ce que je dirais si je la revoyais enfin, mais mon Dieu, j'en avais tellement envie.

— Allez, dit Kylie, me mettant incontestablement à la porte à présent. Ne me laisse pas te retenir.

Les mecs se tenaient autour du SUV à huit places que West avait réquisitionné, comme je supposais qu'on pouvait le faire quand on était un alpha. L'idée était de dormir dedans plutôt que de devoir s'embêter à trouver un hôtel. Et je soupçonnais les gars de vouloir plus d'espace plutôt que d'être écrasés dans une voiture classique.

Je jetai mon sac dans le coffre, et Nate le referma. Sans aucune discussion, ou en tous cas pas à ma connaissance, West s'installa dans le siège conducteur. Aaron s'assit à côté de lui. Il avait étudié les cartes.

Tandis que Marco prenait une place dans la rangée du milieu, Nate referma sa main chaude et solide autour de la mienne. C'était amusant : même si je l'avais vu sous sa forme animale plus souvent que n'importe lequel d'entre eux, et même si cette forme était la plus menaçante des quatre, sa présence était des plus réconfortantes. Bon, et peut-être un peu excitante. Mon regard s'attarda sur les muscles qui remplissaient son T-shirt fin, et une chaleur plus grisante s'accumula au niveau de mon ventre.

Il m'attira avec lui vers le siège arrière, et je vins sans discuter. Lorsque nous fûmes assis sur le cuir souple, il enroula son bras autour de moi et me fis m'appuyer contre son torse musclé. Je humai son odeur à la fois poivrée et musquée. Tellement délicieuse. Il y avait beaucoup de choses tordues dans la situation dans laquelle je m'étais retrouvée, mais le fait d'avoir ces quatre mecs à mes côtés... du moins les trois d'entre eux qui voulaient bien que je sois là... pourrait rattraper le reste.

Le moteur de la voiture se mit à ronronner. Ses vibrations se répercutaient légèrement à travers les sièges tandis que West nous faisait tourner en direction de la route qui menait hors du village. Je laissai ma tête appuyée contre la large épaule de Nate.

Je ne voulais pas penser en cet instant précis, ni aux blessures de Kylie ou au fait de l'avoir laissée derrière nous, ni aux renégats qui m'avais traquée pour me tuer seulement deux jours après que j'aie découvert qui j'étais vraiment, ni à la quête sur la piste de laquelle ma mère m'avait envoyée. Me laisser submerger par le parfum de Nate et par la sensation que procurait son corps me donnait l'impression d'être au paradis. Si je levais mon visage de quelques centimètres, je pourrais appuyer mes lèvres à la base de sa clavicule, juste au-dessus du col de sa chemise, et le goûter aussi.

Mais je me retins. Les autres mecs étaient *là*. Il était évident qu'ils devaient savoir que je ressentais ce lien avec eux tous, mais je n'étais pas une grande fan des démonstrations d'affection en public. Et de toute façon, je n'étais pas sûre de mériter de pouvoir me laisser aller après encore un autre échec ce matin.

La main de Nate caressa mon bras de haut en bas.

— Tu es tendue, murmura-t-il. Y-a-t-il quelque chose dont tu veux parler ?

— Non, dis-je automatiquement, mais peut-être que c'était le cas. C'est juste que... il semble que j'ai ce blocage lorsqu'il est question de me transformer et je déteste ça. Si je m'étais transformée la nuit dernière, j'aurais détruit ces métamorphes renégats.

Il sourit.

— Ça ne fait pas l'ombre d'un doute, Ren. Mais tu n'as pas à t'inquiéter pour ça. Tu nous as nous. On ne laissera personne t'approcher d'aussi près à nouveau. On aurait dû être plus prudents pour commencer ; je ne me rendais pas compte qu'ils auraient autant de culot pour t'attaquer aussi près des terres d'une famille de métamorphe.

Merde, il valait mieux qu'il ne se sente pas coupable.

— Ce n'est pas ta faute, dis-je. Et je sais que vous voulez tous me protéger. Mais *je* veux être capable de me défendre toute seule, comme il le faudrait.

— Et tu le seras.

Il effleura le haut de ma tête de ses lèvres. À ce contact, je sentis mon cuir chevelu frissonner.

— Tu te compares à nous quatre, et nous on a eu des décennies pour développer nos pouvoirs. Je suis *impressionné* par la vitesse à laquelle tu te découvres.

— Oh.

Il avait l'air sincère. Étais-je trop dure avec moi-même ? Je trouvais ça difficile à croire, mais le nœud de culpabilité en moi se desserra juste un peu.

Je me blottis encore plus près de lui. Il souleva mes jambes pour les poser sur ses genoux afin que je sois entièrement pelotonnée contre lui. Mon grand ours en peluche d'homme. Son autre main continuait de caresser mon bras de haut en bas, … et alla un peu plus loin pour effleurer le côté de mon sein. Je ravalai un petit cri, m'arquant instinctivement à ce contact. Correction, mon grand ours sexy d'homme.

Nate plongea sa tête pour mordiller le lobe de mon oreille. Mon cœur s'emballa joyeusement.

— Je pense que tu mérites une récompense pour tous tes efforts, dit-il dans un souffle, une note espiègle se glissant dans sa voix.

— Qu'est-ce que tu as en tête ? répondis-je à voix basse.

— Tu as l'air d'apprécier.

Il passa de nouveau le bout de ses doigts sur la courbe de mon sein, pinçant le téton cette fois. Je pinçai mes lèvres pour retenir un gémissement.

— Les autres...

— S'en fichent complètement. On t'appartient, Ren. Quel que soit ce dont tu as besoin. Quel que soit ce que tu veux.

Sa réponse fit remonter dans mon esprit le commentaire de Kylie dans le tunnel du métro sur la possibilité d'être avec eux en même temps. Nate embrassa le côté de ma joue avec un coup de langue taquin, et soudain je me mis à me demander ce que ça ferait d'avoir les mains d'un de mes autres alphas sur moi en même temps. Stimulant encore plus ces sensations grisantes. Me rendant folle.

Cette pensée me fit mouiller ma petite culotte. Nate prit mon sein dans sa main, son pouce faisant des mouvements de va-et-vient sur mon téton durci. Des frissons de plaisir me parcoururent. Il n'y avait rien au monde que je ne voulais plus en cet instant que de continuer à ressentir ce que je ressentais là maintenant. Une dernière hésitation m'empêcha de céder totalement.

— Je ne pense être encore prête. Je veux dire pour...

— Ren, murmura Nate.

Mon nom dans sa voix grave remplie de désir me fit rougir.

— Tu n'as pas besoin de faire quoi que ce soit. Laisse-moi juste faire ça pour toi.

Sa main libre remonta le long de ma cuisse. Il la fit remonter et redescendre, tout en continuant à caresser mes seins, jusqu'à ce que la chaleur montant en moi m'amène sur le point de fondre. Je fléchis mes hanches et il plongea ses doigts entre mes jambes pour trouver le point qui attendait désespérément d'être touché.

Tout mon corps s'enflamma alors qu'il caressait mon bouton d'amour. Il fit courir ses doigts pour taquiner la moindre partie sensible de mon corps comme s'il savait exactement ce que je mourrais d'envie de ressentir. Le plaisir se mit à déferler dans mes veines. Je m'agrippai à sa chemise, ma respiration devenant haletante. J'étais en train de fondre et d'exploser en même temps.

Nate passa rapidement son pouce sur mon clitoris. Je réussis à peine à réprimer un gémissement. Mes hanches se mirent à bouger pour coller à son rythme.

— C'est ça, dit-il doucement. Je m'occupe de toi.

Oh oui, il le faisait. Il plaça sa bouche à un angle lui permettant de capturer la mienne, buvant mon gémissement tandis que sa main remontait pour plonger sous mes vêtements. Il glissa un doigt sur mon ouverture. Le talon de sa main tournait contre mon clitoris. Une vague d'extase enfla à l'intérieur de moi, envoyant des fourmillements dans tout mon corps, de ma tête à mes orteils. Je lui rendis son baiser comme si j'en mourrai d'envie, mes doigts s'enroulant plus fort dans sa chemise.

Il appuya plusieurs fois doucement avec sa main. Puis son rythme commença à s'accélérer. Je me mis à trembler contre lui, tellement proche de l'extase, puis il plia son doigt et le rentra en moi.

Le barrage céda. Le plaisir me submergea comme une combustion spontanée, consumant mes os et laissant mes muscles tremblants.

Nate continua de me caresser jusqu'à ce que les dernières déferlantes de mon orgasme s'estompent. Il m'embrassa de nouveau, de manière douce mais possessive, et il me colla contre lui comme si j'étais faite pour être là, dans ses bras. Je m'accrochai à lui, provisoirement comblée.

Me demandant comment diable je pouvais bien mériter autant de dévouement.

18

L'odeur de la piste d'une biche semblait un peu plus fraîche que les autres. Celle-là avait été séparée du troupeau. D'après son odeur, il était adulte, mais jeune. Probablement blessé du coup. Un trébuchement l'avait fait boîter, en faisait une proie plus facile.

Je suivis sa piste, les feuilles des sous-bois de la forêt ondulant sur ma fourrure. Tout ce dont j'avais besoin pour chasser était plus affûté sous ma forme de loup : mon nez, mes griffes et mes dents. C'était agréable de bander ces muscles après tout ce temps enfermé dans la voiture. Aucune créature vivante ne devait passer une journée entière sur la route dans une de ces boîtes en métal.

Tandis que je me faufilai à travers la forêt, je cherchais d'autres odeurs dans l'air. Le monde était rempli de sève âcre et de mousse glaiseuse. Mais ce que je cherchai vraiment, c'était la douceur sucrée et poisseuse des fées.

Je n'en avais pas trouvé la moindre trace jusqu'ici, mais

on ne se montrait jamais trop prudent quand on s'aventurait dans les étendues sauvages. Ces zones sauvages étaient autant le territoire des fées que les villes humaines appartenaient aux suceurs de sang. La cicatrice de brûlure magique sur le haut de mon torse me picota à cette pensée.

La seule nuance sucrée dans l'air à présent provenait de fines volutes s'élevant de notre campement. L'odeur de miel légèrement acidulée qui était celle de Ren. Elle m'attirait même à distance. Me rappelant que j'étais destiné à être là-bas avec elle. Comme si chasser pour le dîner n'était pas une tâche appropriée pour une âme-sœur. Mais ce tiraillement ne disparaîtrait pas tant que je ne l'aurais pas faite mienne.

Ou que je l'aurai reniée.

Cette pensée me rappela l'expression de son visage le matin précédent, lorsque je lui avais dit avec quelle facilité je pourrais rejeter notre lien si je le décidais. Ça l'avait blessée d'entendre ça, ne serait-ce qu'un instant. Mais elle avait quand même réussi à me dire qu'elle respectait ma position. Elle n'avait pas supplié ni discuté. Elle avait pensé que je ferais ce que je pensais être bon pour moi, et que c'était mon droit de le faire.

Peut-être que j'avais été trop dur avec elle au cours de ces derniers jours. *Elle* n'avait pas vraiment fui. Et le fait de se cacher n'avait définitivement pas été son choix. Si je devais être en colère après quelqu'un pour la situation dans laquelle nous nous trouvions, ça devrait être après sa mère.

Je ne prenais aucun plaisir à faire de la peine à Ren. Et lorsque je repensai à sa respiration agonisante alors qu'elle était allongée, couverte de sang, dans l'herbe la nuit précédente...

Ma poitrine se serra. C'était exactement pour ça qu'elle avait besoin que quelqu'un soit impitoyable. Elle devait apprendre à faire face à tout ce qui pouvait se retrouver en travers de son chemin. Parce que nos ennemis allaient être encore plus brutaux que je ne m'abaisserais jamais à l'être.

L'odeur de la biche devint plus forte. Je l'avais pratiquement rattrapé. Je ralentis, aux aguets, mes oreilles dressées. Des sabots piétinaient dans les broussailles. De manière inégale, une patte le ralentissant à cause d'un boitement. Exactement comme je l'avais supposé.

Mes muscles se bandèrent. Je me précipitai vers l'avant et bondis hors de ma cachette. Mes mâchoires se refermèrent autour du cou soyeux de la biche.

D'un claquement de mâchoire, je tranchai sa gorge. Un flot chaud de sang frais envahit ma gueule. La biche poussa un cri perçant, mais son corps s'affaissait déjà sur le sol. Au moment où sa tête heurta ce dernier, la pauvre bête s'était entièrement écroulée, toute trace de vie ayant quitté son corps.

Mon cœur de loup bondissait dans ma poitrine mû par la joie et l'envie irrépressible de dévorer ma proie. Mais je n'étais pas en train de chasser uniquement pour moi. Il serait plus facile de ramener le gibier au campement sous forme humaine.

Je me transformai, me délectant de la transition en douceur de mes muscles et de mes os d'une forme à l'autre. Je n'étais jamais plus sûr de moi ni de qui j'étais destiné à être que dans ces moments-là. Du revers de ma main, j'essuyai le sang qui restait sur ma bouche. Ce n'était pas une apparence appropriée sous une forme d'homme. Je soulevai la biche, laissant la majeure partie du flux couler depuis son cou, puis hissai le corps sans vie par-dessus mon épaule.

J'avais laissé mes vêtements en tas juste au-delà du bosquet, à côté de la route où on avait garé la voiture. Je reposai la biche et m'habillai avant de partir rejoindre les autres. Je n'avais rien à cacher, mais je ne voulais pas devoir expliquer l'étrange cicatrice à Ren. Et elle n'était pas vraiment encore habituée à voir des gens se balader nus devant elle. La lueur enflammée dans son regard à chaque fois que l'un de nous le faisait l'indiquait clairement.

Je ne voulais pas que ce désir me soit adressé. Ça attisait beaucoup trop mon désir.

— Une biche, prête pour le dîner, annonçai-je en entrant dans le bosquet.

Les autres mecs avaient déjà fait un feu qui crépitait. Aaron était pile en train de terminer d'installer une broche de fortune.

Nate fit un grand sourire et s'avança pour me débarrasser de la biche. Assise sur une pierre à quelques mètres du foyer, Ren plissa son nez. Je n'aimais pas non plus la gêne que je voyais dans son regard. Peut-être que j'*aurais dû* apparaître nu.

— Alors tu es juste allé là-bas pour le traquer ? dit-elle.

Je n'allais pas ressentir de la honte pour quelque chose d'aussi basique.

— Quoi, comme un animal ? Au cas où tu l'aurais oublié, j'en suis un. J'ai fait bien pire à ces vampires il y a deux jours.

— Ouais, mais ils nous avaient attaqué les premiers.

Son regard suivit la biche pendant que Nate était en train de la déposer sur un rondin de bois pour la dépecer. Au moment où le couteau entra dans cette dernière, elle grimaça et elle détourna les yeux.

— Il faut qu'on mange. On est tous des prédateurs ici, Étincelles. C'est la loi de la jungle.

Je fis un geste vers la biche.

— J'ai pris celle qui boîtait déjà. Elle n'était pas apte à survivre de toute façon. Alors contente-toi d'apprécier ton repas. Tu me remercieras après.

⌇

Ren

Je rapprochai mes jambes de mon perchoir en pierre et balançai mon téléphone sur mes genoux. *C'est comme s'il me dénigrait tout le temps*, envoyai-je à Kylie. *Il me traite comme si j'étais une idiote.*

Les petits garçons tirent les queues de cheval, répondit-elle avec une emoji clin d'œil. *Il fait ça pour t'embêter.*

Je jetai un regard de l'autre côté du bosquet, là où West était en train d'aider Nate à placer la carcasse de la biche sur la broche qu'Aaron avait fabriquée. La lueur du feu capturait les teintes rouges et argentées dans ses cheveux, ainsi que les traits anguleux de son beau visage.

Bien trop beau. Même lorsque j'étais énervée après lui, je n'arrivais pas à étouffer l'envie de voir un vrai sourire sur ce visage, un sourire qui s'adresserait à moi.

Il a vingt-sept ans, répondis-je. *Je pense qu'il a dépassé le stade de la drague du niveau de la primaire.*

Tu serais surprise. Certains mecs n'en sortent jamais. Moi je te dirais de marcher droit vers lui et de l'embrasser direct. Et ensuite, tu m'écriras pour me raconter la partie de jambes en l'air géniale que vous avez eue tous les deux.

Je secouai la tête devant l'écran.

Ah ah. Ça ne risque pas.

Oh, hey, le dîner est prêt. Je te recontacte bientôt !

Je rangeai le téléphone dans ma poche et observai les mecs en train de poser la broche à rôtir sur laquelle se trouvait *notre* dîner sur le feu. Les flammes grésillèrent au moment où quelques gouttes de sang coulèrent de la chair dépecée. La masse de muscles rose et rouge me faisait penser aux marques de griffures qui ne s'étaient toujours pas estompées sur ma peau. Au sang dans les cheveux de Kylie la veille au soir. Je frottai mes bras.

Qu'avait dit West à propos de la biche ? Qu'elle était faible. Qu'elle n'était pas apte à survivre. Pensait-il la même chose quand il me regardait ? Je n'étais même pas proche de me maintenir au niveau de mes supposées âmes-sœurs. Marco avait dit qu'à côté d'une métamorphe dragonne, ils feraient tous pâle figure. J'avais du mal à me montrer à la hauteur de cette attente.

Un morceau de bois se cassa net dans la forêt derrière moi. Je tressaillis et je fis un mouvement brusque, mon cœur battant à tout rompre. Ce n'était que Marco qui revenait d'une patrouille autour de notre campement. Il pencha la tête vers moi avec son habituel sourire en coin.

— Il n'y a rien à craindre, princesse. Rien à signaler, tout est ok.

Les ténèbres s'épaississant derrière lui semblaient tout sauf ok. Les métamorphes renégats n'étaient peut-être pas assez près pour qu'il les sente, mais ils pouvaient toujours être en train de suivre notre piste. Qui savait avec quelle rapidité ils pouvaient se déplacer ? La plupart de ceux qui nous avaient attaquées Kylie et moi avaient réussi à échapper au groupe de West.

J'éprouvai des picotements dus à l'appréhension. Je serrai mes bras autour de moi et me tournai de nouveau vers le feu.

Marco passa à côté de moi en marchant d'un pas nonchalant et inclina sa tête, les yeux rivés sur la broche.

— En voilà une belle vue. Je suis content que vous soyez si enclins à vous occuper des tâches domestiques.

West renifla. Nate laissa échapper un gros soupir de mécontentement.

— Je n'aimerais pas voir à quoi tes proies ressemblent quand tu as fini de jouer avec elles, dit-il.

Marco eut un petit rire.

— Je suis un jaguar, pas un chat d'intérieur. Et je parie que j'aurais pu tomber une biche de deux fois cette taille.

— Deux fois plus longue à cuire et plus de viande que ce qu'on aurait le temps d'en manger. C'est un super plan.

West fit un signe en direction des arbres.

— Vas-y et tente le coup si tu as autant de choses à prouver.

— Ah, pourquoi m'embêter à le faire quand tu as déjà fait le travail pour moi ?

Le métamorphe jaguar s'assit sur une bûche et étira ses pattes comme s'il était parfaitement détendu.

Un bruit sourd de l'autre côté du van me fit de nouveau sursauter.

— C'est Aaron qui revient, dit Nate en remarquant mon comportement.

C'est vrai. Le métamorphe aigle avait fait un balayage de l'ensemble du paysage depuis le ciel avait qu'il ne fasse trop sombre pour repérer nos ennemis.

Il émergea de l'arrière du van un instant plus tard, reboutonnant sa chemise tout en revenant vers nous. Je ne pus m'empêcher de regretter un peu de voir ces muscles sculptés disparaître derrière le tissu.

— Tu as vu quelque chose d'intéressant, l'oiseau ? lui demanda Marco.

Il triturait paresseusement le feu avec un bâton.

— Rien qui ne vaille de s'inquiéter dans l'immédiat, dit Aaron. Mais on ferait mieux de ne pas baisser notre garde.

— Aucune chance que ça arrive avec vous dans les parages.

Nate lui répondit par une grimace.

— Pourquoi est-ce que tu ne te rendrais pas utile et tourner cette fichue broche, Marco ?

— Hum, je pense que ce côté a besoin de cuire encore un peu plus.

— Donne-moi ça.

West lui prit le bâton des mains.

— Tu vas éteindre le feu à ce rythme-là.

Il poussa deux des rondins que Marco avait bougés pour les rapprocher l'un de l'autre. Une bribe de souvenir traversa mon esprit, une brève chamaillerie avec mes sœurs, une lutte acharnée pour un jouet. Une boule se forma dans ma gorge.

La question qui m'était venue en tête un peu plus tôt

me tarauda de nouveau. Le moment semblait aussi bien choisi qu'un autre pour la poser.

— Il n'y a que quatre alphas en même temps, c'est ça ? dis-je.

Marco me lança un regard amusé.

— Nous ne te suffisons pas, princesse ?

Je me tournai vers lui en levant les yeux au ciel.

— Ce n'est pas ce que je voulais dire. Ce que je voulais dire, c'était... Une métamorphe dragonne est censée pendre les alphas comme âmes-sœurs. Alors que se passe-t-il s'il y a plus d'une métamorphe dragonne ? Mes sœurs n'étaient pas *censées* mourir.

Aaron pencha la tête sur le côté.

— Non, dit-il. Et il est commun pour chaque métamorphe dragonne de donner naissance à plus d'une fille, au cas où une tragédie se produirait. En gros, tes parents auraient choisi celle d'entre vous qui aurait semblé la plus appropriée pour cette responsabilité, et les autres l'auraient soutenue. Elles auraient pu prendre des compagnons elles aussi, mais leur lignée n'aurait pas été transmise.

— Oh. J'imagine que ça se tient.

Donc si les renégats n'avaient pas mené leur attaque sanglante, ça aurait pu être une de mes sœurs qui aurait été liée à eux en ce moment. Cette pensée fit naître des picotements inconfortables sur ma peau. Je tournai de nouveau mon regard vers le feu.

Les flammes dansaient plus haut, frôlant presque la chair de la biche qui commençait à brunir. Les grésillements qui atteignaient à présent mes oreilles étaient des gouttes de graisse et non plus de sang. L'odeur de la venaison grillée emplissait l'air.

Je commençai à avoir l'eau à la bouche. Peut-être que l'idée de tuer une biche ne me plaisait pas, mais je n'avais pas de problème à la manger maintenant qu'elle était déjà morte. Je me disais que ça faisait de moi un peu une hypocrite.

La lumière vacillante et la chaleur vacillante commençaient à apaiser mes nerveux. Je laissai mon regard se perdre dans le feu. Les flammes s'étiraient et se raccourcissaient, l'orange se mêlant avec une teinte rouge plus foncée sur les bords. Jaune-blanc au milieu. La manière dont elles prenaient vie en flamboyant était magnifique. Presque comme...

Le fragment de souvenir arrive tellement vite qu'il me fit vaciller de mon siège. L'espace d'un instant, j'étais à nouveau une petite fille, serrant les pattes couvertes d'écailles de ma mère pendant que le sol s'éloignait en-dessous de nous. Le bruissement de ses ailes au moment où elle descendit en piqué bourdonna dans l'air. Des craquements secs résonnaient au-dessous de nous. Quel était ce son ? Je ne l'avais jamais entendu avant, mais il me terrifiait.

Maman ouvrit sa bouche de dragonne et cracha un flot de flammes en direction de nos assaillants. Mon bras me faisait mal. Du sang gouttait d'une entaille juste au-dessus de mon coude. Des larmes coulaient sur mes joues. Une rafale de flammes envahit mon champ de vision, puis...

Je me rattrapai avant de basculer vers l'avant, plantant mes pieds plus solidement sur le sol. La chaleur du feu de camp me submergea, plus forte qu'avant. Ma main se leva vers mon bras, vers la douleur fantôme de cette blessure d'autrefois. Je frottai ma peau, même si je n'avais pas de cicatrice pour montrer que ça avait été réel.

— Ren ? dit Nate depuis l'autre côté du bosquet. Tu vas bien ?

— Ça va.

Je m'obligeai à me lever. Je ne pouvais plus être cette petite fille, s'accrochant désespérément pendant que quelqu'un d'autre s'occupait de tout le combat. Peu importait celle de mes sœurs que maman et mes pères auraient choisi pour diriger. J'étais la seule qui restait, et j'avais de la férocité en mois... quelque part.

Mon regard balaya un des grands bouleaux qui se trouvaient près de l'orée du bosquet. Son écorce blanche brillait dans l'obscurité. Sans m'autoriser à réfléchir à deux fois à cet élan, j'avançais à grandes enjambées vers celle-ci et attrapait les branches plus basses.

— Qu'est-ce que tu fais, princesse ? demanda Marco.

— J'ai juste besoin de me dégourdir un peu les jambes, dis-je. Ne vous occupez pas de moi.

Je grimpai de branche en branche, me stabilisant contre le tronc quand j'en avais besoin. L'écorce donnait une sensation de papier qui bruissait sous mes mains tâtonnantes. Les odeurs de la viande rôtie et du feu se dissipèrent, ne laissant que celle piquante de la sève.

Je m'arrêtai au moment où le tronc se rétrécissait un peu trop pour que je puisse être dans une position confortable et je jetai un regard en bas. West était en train de retourner la viande. Les autres avaient les yeux rivés vers moi, observant ma progression. La lueur du feu dansait sur leurs visages.

J'étais à peu près aussi haut que lorsque j'étais montée dans le pin quelques jours plus tôt. Un saut que je savais que j'étais capable de faire. Mais je ne voulais pas atterrir. Je voulais que ces fameuses ailes se déploient dans mon dos et m'emmènent vers le ciel.

L'envie irrépressible de voler m'avait accompagnée toute ma vie. Peut-être que je pouvais la faire sortir si mon corps pensait que me transformer était le meilleur moyen de me protéger d'une chute ?

Je pris une profonde inspiration. Puis je m'élançai dans les airs.

Normalement, j'aurais tout de suite adoptée ma posture d'atterrissage : pieds serrés, genoux fléchis et le corps correctement aligné. Mais il fallait que je sois persuadée que j'allais me blesser si je touchais le sol. Je laissai mes membres aller à la volée, un petit cri s'échappant de ma bouche tandis que mes cheveux battaient l'air derrière moi. Je pourrais me casser une jambe ou pire comme ça. Si je ne me transformais pas pour planer et éviter la chute.

Une sensation de flottement envahit brusquement ma poitrine, mais mon corps restait quant à lui totalement humain. Il fonçait vers le sol. Ce même sol qui semblait beaucoup trop proche. Merde. J'amenai mes pieds sous moi à la dernière seconde en ravalant un juron.

Je touchai le sol en perdant légèrement l'équilibre, mais je parvins à me sortir de cette chute avec au moins un peu de grâce. Mon pied gauche avait supporté bien trop de mon poids. Il trembla quand je me redressai. Je serrai les dents et réussis à retourner jusqu'à mon siège en pierre sans boîter.

— Si tu cherches des sensations fortes, il y a plein d'autres activités que je pourrais te suggérer, dit Marco en arquant ses sourcils.

Dans ce qui ne fut pas une des plus grandes démonstrations de maturité de ma part, je lui tirai la langue. Il éclata de rire. Il ne semblait pas déconcerté par mon saut, mais lorsque mon regard fit le tour du feu, je m'aperçus qu'Aaron et West étaient tous les deux en train de me regarder. Aaron avait l'air pensif. Les yeux de West s'étaient plissés. Ma peau me démangeait alors que je ne me doutais qu'aucun d'eux n'avait totalement gobé mon histoire de « me dégourdir les jambes ».

Heureusement, Nate s'avança pour détourner et leur attention et la mienne de mes échecs constants d'être une véritable métamorphe. Il découpa un morceau de venaison sur la biche rôtie et me le tendit sur une assiette en carton.

— Tu devrais manger quelque chose, dit-il. On va tous avoir besoin de nos forces.

Ouais. Je mordis à pleines dents dans la viande, fermant les yeux alors que les jus à la saveur fumée remplissaient ma bouche. Délicieux. Est-ce que j'avais déjà mangé de la viande aussi fraîche de toute ma vie ?

Mais même ce festin ne parvenait pas à faire disparaître totalement le nœud dans mon estomac. Encore une tentative de me transformer de plus qui partait en flammes... ou plutôt qui partait *sans* flammes. Combien d'essais avais-je encore devant moi ?

19

J’avais dormi dans des endroits bien pires que le siège d’un SUV de luxe. Dans des coins d’immeubles vides entourée de drogués. Sous des couvertures miteuses qui sentaient l’urine de chat, blottie dans une allée. Sur le sol en béton dur de la cave de l’église dans laquelle Fisher gérait ses opérations, avec une grosse boule de culpabilité au ventre à cause des vols des jours précédents et de ceux que j’allais commettre le lendemain.

Mais cette nuit, je ne parvenais pas à me calmer. Je tirai la couverture en laine, que West m’avait fourrée dans les bras, pour la remonter plus haut sur mes épaules et me tortillai contre le dossier du siège. Mon corps refusait de se détendre contre le cuir doux.

Dans le siège arrière derrière moi, le faible et constant murmure de la respiration de Marco m’indiquait qu’il n’avait eu aucun souci à s’endormir. Nate était affalé sur le siège conducteur qu’il avait incliné jusqu’à quelques centimètres au-dessus de mes pieds, son visage aux traits prononcés adoucis par le sommeil. West et Aaron étaient quelque part dans les bois pour le premier tour de garde.

J'étais entourée par mes alphas. En parfaite sécurité. Mais peut-être que l'idée de leur protection me taraudait plus qu'elle ne me réconfortait.

Je fermai les yeux et laissai mon esprit dériver. Des cigales criquetaient de l'autre côté de la vitre. Une brise sifflait à travers les branches des arbres. Le goût de la venaison rôtie était toujours présent dans ma bouche, commençant à devenir aigre. Pas de brosse à dents ici dans la nature sauvage. Je tâtonnai à la recherche de la bouteille d'eau que j'avais laissée sur le plancher de la voiture.

Juste après l'avoir reposée, un faible bourdonnement provint du siège de Nate. Celui-ci s'agita et tendit sa main vers sa poche pour arrêter l'alarme qu'il avait probablement programmée sur son téléphone. Tandis qu'il s'asseyait, ma nervosité s'empara encore plus de moi. Je ne pourrais pas supporter de passer une seconde de plus enfermée dans le SUV, pas maintenant.

Il lança un regard vers moi au moment où je m'assis.

— Je vais juste échanger avec Aaron, dit-il à voix basse. Il sera là dans quelques minutes.

— Je n'arrive pas à dormir, dis-je. Je pense qu'une petite marche pourrait m'aider à brûler de l'énergie.

Les coins de ses yeux se plissèrent sous l'effet de l'inquiétude, mais il n'essaya pas de m'arrêter. Il se glissa hors de la voiture en passant par la portière du côté conducteur et j'ouvris celle située à l'arrière.

Le ciel était dégagé, les étoiles brillaient fortement en contraste avec le noir de la nuit. Je n'arrivais pas à me souvenir de la dernière fois où j'avais vu les constellations aussi clairement. À New York City, l'opacité des lumières de la ville effaçait tout sauf les étoiles les plus tenaces.

Je suivis Nate dans les bois, en silence, me demandant si Aaron et lui avaient prévu un point de rendez-vous ou s'il localisait simplement le métamorphe aigle grâce à son odorat. La brise d'été nocturne me chatouilla, toujours agréablement chaude. Nous marchions pendant plusieurs minutes, serpentant entre les arbres, avant qu'un rayon du clair de lune n'accrochât les cheveux blond doré d'Aaron devant nous. Ce dernier se tourna pour saluer Nate, et son regard s'arrêta sur moi.

— Aucune activité jusque-là, dit-il à Nate avant de me dire : Je pensais que tu serais endormie.

Il n'y avait aucune trace de jugement dans son ton, ni même rien de l'inquiétude presque suffocante de Nate. Uniquement de la curiosité. Mes épaules s'affaissèrent quand je constatai que le sermon auquel je m'étais préparée n'arriverait pas.

— J'ai essayé, dis-je avec un faible sourire. Ça n'a pas marché. J'espérais que la petite balade aiderait.

— Je peux te tenir compagnie dans ce cas.

Il hocha la tête en direction de Nate et me tendit sa main. Je pris cette dernière, adorant la sensation que me procuraient ses doigts puissants se refermant autour des miens.

— Alors est-ce que marcher a aidé ? demanda-t-il tandis que nous retournions tranquillement vers notre campement.

Je me mordis la lèvre. Je me sentais un peu plus apaisée

avec lui à mes côtés, mais ces contractions nerveuses incessantes me titillaient toujours sur les nerfs.

— Je ne sais pas. Pas autant que je l'espérais.

Il fit courir son pouce sur le dos de ma main.

— Est-ce que tu veux parler de ce qui te tracasse ?

— Comment tu sais que quelque chose me tracasse ?

— Tu n'arrives pas à dormir, et tu te promènes dans les bois au milieu de la nuit. Je me suis dit que c'était une hypothèse très plausible.

Je lui fis une grimace et il me répondit par un sourire doux. Bon, ce n'était pas comme s'il avait tort.

— Je ne suis pas sûre que parler aidera non plus.

— Ça vaut la peine d'essayer, non ?

Il marqua une pause, me tournant vers lui.

— Qu'est-ce qui te préoccupe ?

Je regardai le sol.

— C'est juste que je... Vous avez tous été géniaux. Bon West... ne parlons pas de ça. Tous les autres, vous l'avez été. Et tous les gens au village. Tout le monde est tellement enthousiaste à l'idée de m'accueillir en tant que métamorphe. En tant que la métamorphe la plus importante. Mais je ne suis toujours pas capable de me transformer.

— Ça ne fait que quelques jours, dit Aaron. Tu vas y arriver.

— Peut-être. Il n'y a pas que ça. Je ne sais pas comment je peux être ne serait-ce que la moitié des choses que je suis censée être. Et si... Et si je suis foutue à cause de toutes ces années où je ne savais pas qui j'étais, grandissant de la mauvaise manière, sans la moindre idée de tout ça ? Et si je n'*arrivais jamais* être une vraie métamorphe ?

— Oh, Serenity.

Il ouvrit ses bras et je me rapprochai de lui automatiquement. Cette attirance, ce besoin d'être près de chacun d'entre eux devenait de plus en plus difficile à nier. Il prit mon visage entre ses mains et je penchai ma tête pour répondre à son baiser. La chaleur de ses lèvres me parcourut. Elle ne chassât pas mes doutes, mais c'était une distraction terriblement agréable.

Après le baiser, il me décolla de lui légèrement en gardant ses mains sur les deux côtés de mon visage. Sa tête s'inclina vers moi jusqu'à ce que la frange de ses cheveux effleure mon front.

— Je vais te dire quelque chose, dit-il. Quelque chose dont je n'ai jamais vraiment parlé à personne. J'ai passé la majeure partie de ma vie à me demander si moi aussi si j'étais tout à fait ce qu'un métamorphe était censé être.

— Quoi ?

Je reculai suffisamment pour le regarder droit dans les yeux.

— Comment pouvais-*tu* penser ça ? Tu n'es pas juste un métamorphe, tu es celui qui a été choisi pour être l'alpha de toute ta famille de métamorphes.

— Par un homme qui aurait peut-être changé d'avis s'il avait vécu suffisamment longtemps pour me voir passer à l'âge adulte, pour ce que j'en sais, dit Aaron. Il y a toujours des fissures à travers lesquelles le doute peut s'insinuer, peu importe à quel point ta position semble sûre. Et la mienne n'a jamais semblé sûre à ce point-là. Les métamorphes aviaires... On n'est pas toujours considérés comme égaux autres groupes. La plupart des canidés et des félines nous voient comme étant un peu inférieurs.

— C'est ridicule, dis-je. Au contraire, ils devraient être jaloux. Vous pouvez *voler*.

Il eut un petit rire.

— C'était sûr que tu apprécierais ça. Mais c'est comme ça. Et même parmi les miens… je t'ai dit à quel point c'était important pour moi de diriger avec mon esprit plutôt qu'avec mon côté animal. Ce n'est pas une attitude courante parmi les métamorphes, quelle que soit leur famille. Certains de ma famille de métamorphe se sont montrés un peu méfiants envers mon intérêt pour l'apprentissage et l'histoire. Il y en a eu plus d'uns qui ont pensé que c'était pour compenser un manque de la « vraie » force dont un alpha a besoin pour diriger.

Je le regardai de la tête aux pieds, sachant que mon goût pour son corps sculpté devait assurément se voir dans mon expression.

— Alors je suppose que ces gens doivent être aveugles.

Le sourire d'Aaron s'élargit.

— C'est facile pour les gens de se méfier de ce qu'ils ne comprennent pas. Mais j'ai fait mes preuves maintenant, plus d'une fois. Quand il a fallu choisir entre négocier et en venir aux mains, et que j'ai eu l'occasion de lâcher, de laisser le rôle d'alpha à quelqu'un d'autre, je savais que je ne pouvais pas. Que je voulais tout ça. Que j'étais destiné à l'être. Et je suis toujours là.

J'hésitai, me rappelant ce qu'il m'avait dit avant à propos de la manière dont un autre métamorphe pouvait devenir l'alpha.

— Tu as dû te battre. Des gens t'ont défié ?

—Ouais.

La bonne humeur dans son expression s'effaça un

instant. Il détourna son regard vers les arbres, se rappelant d'événements auxquels je voyais bien qu'il n'aimait pas penser.

— Le pire, c'était un de mes conseillers. Il avait pris l'habitude d'avoir plus de pouvoirs. Lorsque j'ai eu vingt-et-un ans et que j'étais sur le point d'endosser mon rôle complet d'alpha, il m'a attaqué. J'avais détesté l'idée de devoir me battre contre lui. Il avait été comme un oncle pour moi. Mais j'étais plus intelligent et plus rapide, et ça peut battre la brutalité quand on sait comment s'en servir.

— Et tu es toujours là, dis-je en lui répétant ses propres mots.

— Je suis là.

Il tourna de nouveau son regard vers moi. À cet instant précis, celui-ci était tellement intense que je faillis en oublier de respirer. Mon cœur s'emballa.

Il n'était pas juste fort et incroyablement sexy. Il était *bon*. Réfléchi et brave et bienveillant. Le genre d'homme que j'étais persuadée de ne jamais pouvoir avoir dans ma vie. Le genre d'homme dont je pourrais tomber amoureuse.

Non, pas juste pourrait. J'étais déjà en train de tomber amoureuse. Plongée dans ces yeux bleus transparents.

— D'après moi, quiconque pense que tu vaux moins que ces autres mecs est un idiot, dis-je, pour dire quelque chose. En plus d'être aveugle.

— Probablement, dit complaisamment Aaron. Je ne m'en inquiète plus maintenant. Et je trouve tout aussi difficile à croire que quelqu'un puisse être près de toi et penser que tu es inférieure en quoi que ce soit à une véritable métamorphe. C'est dans ton sang. C'est tout ce qui compte. Le reste rentrera dans l'ordre.

Mes doigts s'étaient refermés sur le devant de sa chemise sans même que je ne m'en rende compte. Je tirai et il vint vers moi.

Il m'embrassa intensément cette fois, me poussant un pas en arrière pour que je puisse m'appuyer contre le tronc d'un arbre. Ainsi, je n'avais même pas à penser à rester debout, seulement à la chaleur de son corps contre moi et au mouvement de sa bouche contre la mienne. Sa main descendit le long de mes côtes jusqu'à ma cuisse avant de remonter vers mon épaule, comme s'il n'était pas sûr de la partie de mon corps qu'il avait le plus envie de toucher.

Partout. Je le voulais partout.

Ses hanches effleurèrent les miennes, et une douleur plaisante se forma entre mes jambes ; à l'endroit précis où Nate s'était appliqué à me faire monter au septième ciel tellement habilement moins d'un jour plus tôt. Je poussai un gémissement au moment où Aaron caressa un de mes seins tout en me donnant un autre baiser, mais un dernier fil d'incertitude me retenait.

J'attrapai le côté du visage d'Aaron. Il ralentit pour me regarder dans les yeux. Les siens étaient remplis de désir, tellement chauds que tous les nerfs en moi s'enflammèrent.

Ma voix était rauque.

— Ça ne te dérange pas n'est-ce pas, de ne pas être le seul ? Que je sois censée être avec les autres aussi ?

De la façon dont je l'avais été, d'une manière qu'il avait vu ou du moins senti.

Aaron donna une petite caresse sur mon nez avec le sien dans un frottement affectueux.

— Pas du tout, murmura-t-il. Tu ne mérites rien de moins. Il faut plus d'un homme pour satisfaire une dragonne.

Ses doigts se baladèrent sous mon T-shirt. J'arquai mon dos contre le tronc lui donnant de l'espace pour qu'il puisse dégrafer mon soutien-gorge. Il décrivit des cercles autour de mon téton avec son pouce avant de lui donner une rapide caresse appuyée qui me fit pousser un petit cri de surprise.

— Tu mérites la moindre once de plaisir qu'ils peuvent te donner, poursuivit-il en se mettant à caresser mon autre sein.

Il embrassa le coin de ma mâchoire, puis la peau sensible de ma gorge. Ses mots se déversèrent avec son souffle chaud.

— Tout ce qui te satisfait, peu importe avec qui, me satisfait aussi. La rougeur sur tes joues après que tu as été embrassée. Le son que tu fais quand tu jouis.

Alors, il nous avait entendu Nate et moi à l'arrière de la voiture. Mon visage s'embrasa purement et simplement. Mais, oh mon Dieu, Aaron était en train de m'exciter follement à chaque contact de ses lèvres, à chaque caresse de ses doigts.

— J'ai hâte de voir un jour combien de plaisir on peut t'apporter ensemble, dit-il. Mais pour l'instant...

Ses mains glissèrent le long de mon corps. Je geignis, mes hanches s'arquèrent vers les siennes. À la recherche du moindre millimètre de contact que je pouvais obtenir.

— J'ai besoin de te voir, grommela-t-il.

Il tira mon T-shirt vers le haut. Je levai mes bras pour qu'il puisse le retirer d'un seul mouvement fluide. Mon soutien-gorge glissa de mes épaules pour tomber sur le sol, à nos pieds. Aaron m'examina, mes petits seins aux tétons durcis grâce à ses attentions, la sensation de chaleur se faufilant entre elles. Puis il plongea sa tête pour sucer un de ces pics dans sa bouche.

Je gémis, le plaisir courant sur ma peau. Sa langue régulière léchait mon sein tout en l'effleurant légèrement de ses dents jusqu'à ce que je tremble contre lui, mes doigts dans ses cheveux. Il donna au téton un dernier coup de langue avant de s'occuper de mon autre sein avec tout autant d'enthousiasme.

Ce n'était pas du tout suffisant pour l'appétit qui me dévorait. J'agrippai l'ourlet de sa chemise.

— Enlève-la, dis-je dans un souffle. Maintenant.

Il la fit passer par-dessus sa tête, plus vite que je ne l'aurais cru possible, cassant au moins un bouton. D'une certaine manière, ça m'excita encore plus. Je semblais n'avoir aucune limite quand il s'agissait de ces mecs.

Il réclama de nouveau ma bouche avec une ferveur pressante. La pression de son torse nu contre ma poitrine m'arracha un autre gémissement. Mes ongles dessinèrent des lignes le long des muscles de son dos. Il me souleva comme si je ne pesais rien du tout, me collant plus haut contre l'arbre avec une main soutenant mes fesses et mes jambes écartées. Je m'accrochai en serrant mes cuisses autour des siennes. Son membre dur appuyait contre ma perle et je gémis.

Aaron se frotta contre moi tandis qu'il se penchait pour un autre baiser encore plus intense. J'arrivais à sentir la force nichée dans tout son corps, me retenant, mais aussi préparée pour se retirer à la seconde où je lui demanderai d'arrêter. Le plaisir me submergea, mais soudain la tornade qu'il provoquait ne m'effrayait pas du tout.

J'étais exactement là où j'avais envie d'être. Ma place était ici, avec cet homme, de toutes les manières dont il voulait être avec moi.

Céder à mes désirs ne signifiait pas que je perdais le contrôle. C'était au contraire le prendre. Saisir à pleines mains la destinée que je n'avais jamais imaginée et la revendiquer comme étant *mienne*.

À la seconde où je pris cette décision, un ronronnement de puissance s'éleva en moi, plus fort que tout ce que j'avais pu ressentir avant. Je nouai mes bras autour du cou d'Aaron et penchai ma tête entre un baiser et le suivant.

— C'est ça que je veux, dis-je, le souffle court, je te veux *toi*.

Il hésita, cherchant mon regard, une lueur sauvage dans le sien.

— Tu veux dire que...

— Aaron, dis-je aussi clairement que je parvins à le faire. Veux-tu être mon âme-sœur ?

Un rire étranglé jaillit de lui, comme s'il n'arrivait pas à croire ce que j'avais dit. Il écrasa sa bouche contre la mienne, m'embrassant jusqu'à ce que je sois prise de vertige. Je bataillai avec le bouton de son pantalon. Ma main effleura son érection, et il poussa un gémissement.

— Je pense qu'on ferait mieux de continuer par terre, dit-il en me guidant pour m'éloigner de l'arbre.

Il prit sa chemise et l'étendit sur le sol avant de m'allonger sur ce dernier, avant d'ajouter :

— Pour notre première fois en tous cas.

— On a tout le temps de tester d'autres choses plus tard, dis-je, et son regard devint encore plus intense.

Il envoya valser son pantalon. J'avais hâte de toucher sa queue. Son immense et dur membre palpitait contre ma paume à travers son boxer.

Il pencha la tête, expirant de manière irrégulière. Se maintenant au-dessus de moi avec un bras, il descendit son autre main pour la placer entre mes jambes. Un son proche d'un miaulement m'échappa au moment où il me caressa à cet endroit. Ma respiration se fit pantelante tandis qu'il glissait ses doigts sous la bande de mon bas de jogging. Mon sexe était déjà mouillé à cause de l'excitation. Il fit courir sa main sur cette humidité et étouffa un autre gémissement dans mes cheveux.

— Je t'en prie, dis-je.

Il n'avait pas besoin que je supplie davantage. Il enleva mon pantalon et ma culotte dans un même mouvement, puis il fit de même avec son boxer. Mes hanches s'arquèrent alors qu'il s'installait entre mes jambes. Son gland frottait contre mon ouverture. J'attirai de nouveau sa bouche contre la mienne.

Il m'embrassa et entra en moi en même temps. Son membre dur me remplit avec une délicieuse sensation de brûlure, mais oh, tellement bonne. Je me sentais remplie, entièrement, et c'était tout ce dont j'avais besoin.

— Ton corps est exquis Serenity, murmura-t-il entre deux baisers.

Il leva mes hanches plus haut et s'enfonça en moi à un

rythme s'intensifiant petit à petit. Je m'accrochai à lui tandis que le plaisir s'amplifiait, m'emportant encore plus. De plus en plus, jusqu'à ce qu'il fasse trembler mon corps tout entier. Jusqu'à ce que je sente à peine le sol sous moi.

Nous étions en train de voler, montant en flèche et emportés dans une brume d'extase. Aucun saut ni aucune chute ne supportait la comparaison avec cette euphorie.

Sa queue frôlait le point le plus doux à l'intérieur de moi, et j'explosai d'extase. Elle irradia dans tout mon corps, me projetant encore plus haut. Ma respiration devint haletante, j'enfonçai mes ongles dans ses épaules. Des étincelles flamboyaient derrière mes paupières battantes. L'attirance entre nous se solidifia pour former un énorme embrasement qui nous liait ensemble. Elle m'embrasa comme une flamme venant de l'intérieur.

Les coups de reins d'Aaron devinrent erratiques. Il me pénétra encore quelques fois et gémit tandis qu'il me suivait au bord du précipice. Son corps pesait sur le mien, reposant sur moi mais sans me clouer au sol. Le moindre millimètre de sa peau nue s'alignait avec la mienne.

Je fis glisser mes doigts en remontant jusqu'à son cou et ses cheveux humides de sueur et l'attirai à moi pour un dernier baiser. Mes muscles tremblaient, mus par un sentiment de libération... et de bonheur.

Je l'avais lui. Mon métamorphe aigle. Mon alpha.

Mon âme-sœur.

20

Ren

Je me réveillai blottie contre Aaron sur le siège du milieu du SUV. La lumière du soleil filtrait à travers les vitres. Mes pensées étaient confuses à cause du manque de sommeil, et diverses parties de mon corps étaient douloureuses, mais d'une manière agréable. Je n'avais aucune envie de me lever.

J'enfouis ma tête dans le creux du cou d'Aaron. L'odeur merveilleuse à la fois fraîche et salée de sa peau remplit mes narines. Nous nous étions habillés avant de finir enfin le trajet vers la voiture, mais je n'étais pas encore prête à le lâcher. La place était un peu juste, nos jambes entrelacées et lui à moitié sur moi, et pourtant je me sentais totalement à ma place enchevêtrée avec lui.

Mon âme-sœur. Le fait de savoir ça martelait dans mes veines. Il ne serait que le premier, si je remplissais mon rôle entièrement, mais pour le moment, un me suffisait amplement.

Des articulations frappèrent contre la vitre, au-dessus de ma tête. Je clignai des yeux et levai ces derniers vers l'origine du bruit. Aaron effleura ma tempe d'un baiser avant de lever la tête.

Marco nous regardait, ses sourcils arqués. Il ouvrit la portière de quelques centimètres pour parler.

— Le loup nous a trouvé des œufs. Vous feriez mieux de vous lever si vous voulez en avoir prendre avant que notre ours à nous ne les mange tous.

— Je vous en laisse plein, dit Nate depuis quelque part derrière lui.

Marco pencha la tête et referma la portière.

Son expression était-elle un peu plus crispée que d'habitude ? Quelque chose dans sa posture ne collait pas. *Il* n'était pas énervé de me voir Aaron, n'est-ce pas ? Il savait comment les choses étaient censées fonctionner, Tout comme les autres.

C'étaient probablement mes incertitudes qui me perturbaient. Sur les quatre, Marco semblait être celui qui était le *moins* susceptible de devenir possessif. D'après la manière dont il se comportait, dont il parlait, j'étais quasiment sûre qu'il n'avait pas laissé une petite gêne l'empêcher de profiter de tous les plaisirs du corps avec d'autres femmes pendant qu'il m'attendait ces seize années.

Aaron se redressa, m'attirant avec lui. Il glissa ses doigts dans mes cheveux et m'embrassa de nouveau, sur les lèvres cette fois. Sa bouche s'attarda contre la mienne juste assez longtemps pour que je commence à avoir envie qu'on se lance dans une suite des activités de la veille, sur-le-champ. Puis il s'écarta avec un sourire penaud. Ses cheveux blonds étaient délicieusement en bataille. Je ne pus résister et les ébouriffai un peu plus pour faire bonne mesure.

Il éclata de rire.

— Je suppose qu'on devrait vraiment petit-déjeuner. On ne sait pas ce qui nous attend à Sunridge.

Exact. Mon entrain se dissipât, remplacé par une appréhension qui s'enroulait autour de mes tripes. Je sortis du van. Nate leva les yeux de l'endroit où il était en train de gratter des œufs au plat sur une plaque en métal, les commissures de ses lèvres se retroussant lorsqu'il croisa mon regard. Oh, il savait très bien ce que j'avais fait avec Aaron la nuit dernière. Et d'après l'inclinaison des sourcils de West, alors qu'il *évitait* définitivement de croiser mon regard, il était évident qu'il en allait de même pour le métamorphe loup.

Bon, nous n'avions pas vraiment essayé de cacher notre nouvelle intimité. À quoi d'autre est-ce que je m'attendais ? Ça n'allait faire que devenir plus bizarre au fur et à mesure que j'accepterais aussi les autres en tant qu'âme-sœur... quand je me sentirais prête à le faire.

J'avais beaucoup d'autres soucis plus importants à gérer avant.

— On est à combien de temps de Sunridge ? demandai-je sans m'adresser à l'un d'eux en particulier.

Aaron sortit son téléphone pour regarder la carte, mais West parla en premier.

— Environ deux heures, selon l'état des routes. Tu es pressée, Étincelles ?

Je lui lançai un regard appuyé.

— J'ai attendu sept and pour savoir ce qui était arrivé

à ma mère, *mon petit loup*. Alors ouais, il est possible que je sois un peu impatiente.

Marco pouffa de rire en entendant le surnom que j'avais donné à West, et Nate étouffa un éclat de rire. Le métamorphe loup me fusilla du regard.

— Je pense que tu ferais mieux de manger alors.

Nate me tendit une assiette et j'engloutis les œufs cuits à la flamme avec un des petits pains que les villageois nous avaient donnés au moment de notre départ. Nous nous entassâmes dans le SUV, West et Aaron reprenant leurs places d'origine à l'avant.

— Viens me rejoindre, princesse des Flammes, dit Marco en tapotant le siège du milieu à côté de lui, et j'obtempérai.

Au moment où Nate monta à l'arrière et que West démarra le moteur, le métamorphe jaguar serra brièvement mon genou, juste assez longtemps pour envoyer une étincelle de désir le long de ma jambe.

Marco me fit un grand sourire, semblant plus détendu à présent. Je répondis en souriant également, mais la vue au-delà du pare-brise attira mon regard. Au loin devant, là où la forêt s'éclaircissait, de hautes montagnes s'élevaient. Une mince couche de neige brillait au sommet du plus haut des pics gris foncé. Sunridge se trouvait juste après cette première chaîne de montagnes.

— Te rappelles-tu de quoi que ce soit qui pourrait expliquer pourquoi ta mère nous a envoyé faire cette petite virée ? demanda Marco.

Je secouai la tête.

— Il ne me semble pas qu'elle ait jamais parlé du

Wyoming. Est-ce qu'il y a des communautés de métamorphes importantes dans le coin ?

— Pas à ma connaissance. Mais je suis sûr que les métamorphes dragonnes gardent quelques-uns de leurs secrets pour elles.

Il prit ma main pendant que nous continuions d'avancer, faisant nonchalamment courir ses doigts dans un mouvement de va-et-vient sur ma paume, mais il n'insistait pas pour avoir plus de contact que ça. J'avais beau apprécier la chaleur de sa peau, j'étais trop distraite pour *avoir envie* de plus.

Plus que deux heures, et j'aurais peut-être des réponses. Je pourrais peut-être même revoir Maman. L'agitation de l'anticipation refit son apparition, flottant autour de mon estomac.

West ralentit tandis que la route devenait plus étroite. Elle montait, serpentant le long d'un passage entre deux des montagnes. Des rochers épars cliquetaient contre le châssis du SUV. La lumière du soleil se tamisa, cachée derrière le pic situé au sud.

— Il y a quelqu'un sur la route, dit Aaron.

West ralentit la vitesse de la voiture encore plus. Il appuya sur le bouton pour baisser la vitre et humer l'odeur de l'air. Je me penchai en avant, regardant entre les deux sièges situés à l'avant. Une silhouette se tenait sur notre chemin, à quelques centaines de mètres devant nous, un jeune homme qui n'avait pas l'air d'être sorti de l'adolescence.

— C'est l'un des nôtres, dit West. Félin d'après son odeur.

Il lança un regard à Marco.

— Tu le connais ?

— Bien sûr, dit Marco d'une voix traînante. Parce que nous, les félins, on est censés tous se connaître.

Il plissa les yeux.

— Non, il ne me dit rien, mais ça ne veut pas dire grand-chose.

— Peux-tu dire si c'est un des renégats ? dis-je. Comment vous savez qui appartient à une famille ou pas ?

— Les membres des familles portent une marque de loyauté, comme notre marque d'alpha, sur leurs paumes, dit Aaron. Si quelqu'un qui était dans une famille devient renégat, la marque s'efface. On va devoir se rapprocher pour en avoir le cœur net.

— Je n'aime pas ça, dit Nate derrière moi. C'est un peu gros comme une coïncidence.

— Je n'aime pas ça non plus, dit West. Mais certains membres de ma famille au village savaient où on allait. Ils pourraient avoir passé le mot s'ils ont reçu de mauvaises nouvelles d'un autre groupe. Je ne peux pas me contenter de l'écraser sans savoir.

— Eh bien tu pourrais, dit Marco. S'il est de la famille de quelqu'un, c'est de la mienne. Tu as mon entière permission de le faucher. S'il a ne serait-ce que la moitié d'un instinct de survie, il sautera pour esquiver à temps.

— D'accord, dit West avec une pointe évidente de sarcasme. Ça va vraiment améliorer les relations entre les différents groupes de métamorphes.

Marco prit une profonde inspiration.

— Comme tu veux, le loup. C'est juste un lynx. Je suis sûr qu'entre nous quatre, on peut s'occuper de lui s'il le faut.

Mais est-ce qu'on pouvait s'occuper des alliés que l'étranger pourrait avoir en train d'observer, cachés à proximité ? Mon corps se crispa tandis que nous avancions au niveau du garçon, le SUV s'arrêtant. Je scrutai le flanc de la montagne le long de la route. Rien ne bougeait, mais il y avait bien trop de rochers et de blocs de roche qui pouvaient servir de cachette à un ennemi.

Le garçon commença à marcher tranquillement vers la voiture. West lança de nouveau un regard à Marco.

— Comme tu l'as dit, *le jaguar*, il est sûrement de ta famille. Va lui parler. Si quelque chose se passe mal, je suis sûr que tu peux sauter en arrière jusque dans la voiture pendant qu'on fonce loin d'ici.

Sa voix était sèche, mais une pointe de tension transparaissait dans cette dernière. Il avait laissé une main sur le volant, l'agrippant force. Aaron regarda le garçon à travers le pare-brise. Dans le siège arrière, Nate détacha sa ceinture de sécurité. Pour se préparer au cas où il aurait besoin de se transformer supposai-je. On était tous sur le qui-vive.

Marco marmonna quelque chose à propos des « canidés ingrats », mais il se leva et ouvrir la portière.

— Reste ici, princesse, me dit-il.

Il sortit et avança d'un pas nonchalant sur la route pour aller à la rencontre de l'inconnu.

— La marque de la famille ? demanda-t-il.

Le garçon commença à lever une main, et deux *cracs* nets fendirent l'air. Le même son sec que j'avais entendu dans le souvenir de l'envol désespéré de ma mère avec moi pour partir de notre ancienne maison.

Le SUV fit une embardée avec un bruit de crissement

provenant de l'un des pneus. L'épaule de Marco fit un mouvement brusque. Il chancela sur le côté, agrippant sa poitrine, juste en-dessous de sa clavicule. Du sang fleurit sous ses doigts.

Mon cœur s'arrêta. Des coups de feu. C'était ça ce son.

Les renégats se fichaient de la loi des métamorphes, évidemment. Ils avaient amené des armes à feu pour cet affrontement... comme pour celui de mon passé, il y a longtemps.

— Marco ! cria West.

Il appuya sur l'accélérateur, mais le pneu crevé cognait faiblement contre la chaussée.

— Merde. Je vais le chercher. Baissez-vous.

Il s'élança du siège conducteur avant que quiconque ne puisse protester. Une autre balle heurta la vitre en face de moi. Le verre se fissura. Je sursautai et me baissai, plongeant à côté du siège. Nate poussa un grognement. Aaron arracha sa chemise.

— Vous allez vous transformer ? dis-je, la panique m'envahissant. Ils vont vous descendre là-bas.

Deux autres *cracs* résonnèrent, avec un bruit d'impact contre le côté du SUV, ... et un grognement sur la route, à l'extérieur. Où était West ? Est-ce qu'il avait réussi à rejoindre Marco? Combien de renégats participaient à cette embuscade ?

— C'est beaucoup plus dur de toucher une cible en mouvement, dit Aaron.

Il me lança un regard rapide, ses yeux brillants et résolus.

— Reste baissée. On va s'occuper de ça.

Il bondit hors de la voiture en claquant la porte

derrière lui. Une vision fulgurante de plumes dorées passa à toute vitesse devant la vitre un instant plus tard.

Un sifflement et un glapissement me parvinrent depuis le bas de la route. Mes alphas ou les renégats ? Je n'osai pas lever la tête suffisamment haut pour jeter un œil à travers la vitre.

— Et il faut plus que quelques balles pour arrêter un ours, grogna Nate.

Il ouvrit le coffre arrière tout en se transformant. Son immense corps recouvert de fourrure passa devant ma vitre, chargeant pour rentrer dans la mêlée.

Un autre tir crépita. Je grimaçai, mes ongles s'enfonçant dans le siège en cuir. Mon cœur palpitait tellement vite que les battements se mêlaient entre eux.

Une voix, épaisse et gutturale, appela depuis quelque part au-dessus.

— Renoncez à la métamorphe dragonne, vous qui régnez sur les familles, et vous vivrez assez pour mener les vôtres à la baguette.

Les mots frappèrent une corde de reconnaissance au plus profond de l'animal en moi. Je n'avais jamais entendu cette voix avant, mais elle me ramenait à la première attaque des renégats, les grognements et les grondements du loup noir qui avait essayé de m'arracher le cou. Ma peau picota à cet endroit avec cette réminiscence de mon passé.

Je déglutis avec difficulté. C'était sûrement lui le chef de ce groupe. Mais à l'évidence, mes alphas n'étaient pas intéressés par le fait de brader ma vie. Les claquements et les cris provenant du bas de la route devenaient de plus en plus forts.

Un glatissement perçant fendit l'air, le cri de bataille d'Aaron, avant de s'arrêter brusquement. Ma gorge se noua.

Les renégats avaient tué quatre alphas par le passé. Mes pères. Ils avaient aussi assassiné mes sœurs. Ils avaient massacré pratiquement tous ceux qui avaient le plus compté pour moi. Et maintenant ils essayaient aussi de m'enlever mes âmes-sœurs pour m'atteindre.

Non. La rage se mit à bouillonner en moi. Mes doigts se replièrent plus fort, formant des poings. Je pris une profonde inspiration, lente et régulière comme Aaron me l'avait appris, et la colère se mit à couler en moi dans un embrasement incandescent. Aussi puissant que le lien qui s'était solidifié entre lui et moi quand je l'avais revendiqué comme étant mien la nuit dernière. Quand j'avais pris le rôle qui m'était destiné à deux mains.

L'énergie se répercuta dans tous mes membres. Je n'allais laisser ça se reproduire à nouveau. Pas ici. Pas maintenant. Je ne *cacherai* pas. Mes alphas méritaient une âme-sœur qui pouvait les protéger autant qu'ils me protégeaient moi.

Et putain, ils en avaient une.

Je me précipitai vers l'avant pour attraper la poignée de la portière. Ouvrant brutalement cette dernière, je sortis brusquement de la voiture. Dehors et *vers le ciel*.

La transformation ondoya à travers mes muscles, s'étirant, brûlante. Mon corps se mit à grandir, aux lignes pures et musclé. Des griffes saillirent de mes doigts arqués. Des ailes jaillirent de mon dos. Elles se mirent à battre avec un mouvement instinctif et je me précipitai dans les airs. Mon regard s'aiguisa. Le vent gazouillait sur les écailles lisses qui couvraient ma peau. Des flammes brûlaient tout au long de mon cou allongé.

J'avais réussi. J'étais une dragonne. Et c'était *extraordinaire*.

Je battis des ailes, m'envolant plus haut. Testant la moindre parcelle de mon corps nouvellement acquis. Mais je n'avais pas le temps de savourer les sensations. Mon ombre zébrait le sol, deux fois plus large que le SUV, et mon regard tomba sur une femme accroupie derrière un bloc de roche situé à dix mètres à flanc de la montagne. Elle tenait un revolver dans ses mains. Elle le leva vers moi.

Une confiance ardente se mit à brûler en moi. Oh, non. Elle pouvait oublier ça. Elle allait regretter de nous avoir cherché des problèmes aux miens et à moi.

Je descendis en piqué vers elle. Elle appuya sur la détente. Une douleur aigue éclatât dans une de mes ailes, mais je m'en moquais. J'ouvris mes mâchoires et déchaînai le feu qui brûlait dans tout mon corps.

La femme poussa un cri au moment où les flammes l'engloutirent. Je survolai sa cachette et me tournait dans les alentour pour trouver ses complices. Il y avait eu deux armes qui tiraient. Où était l'autre lâche qui se cachait derrière un revolver.

Là. Un homme aux cheveux gris était accroupi dans une fissure de l'autre côté de la route, avec non pas un revolver mais un fusil posé contre la roche dure. Je vrillai vers lui.

Il s'avéra être encore plus couard. Il laissa tomber l'arme et se transforma en une belette tachetée de noir et de gris avant de s'enfuir en remontant dans la montagne.

J'accélérai derrière le métamorphe belette, mais il

plongea dans une fissure plus profonde. Je l'explosais avec des flammes avant de me retourner. Je plissai les yeux pour regarder un homme avec des cheveux bruns hirsutes qui était en train de bondir pour attraper le fusil.

— Ne les lâchez pas, ne les lâchez pas ! cria-t-il en bas de la pente de la même voix gutturale que celle que j'avais entendu exiger que mes alphas me livrent.

Son odeur se mit à flotter dans l'air avec un fort relent de loup. C'était lui. Le renégat qui m'avait laissée marquée de partout avec les lacérations de ses griffes. Lui qui avait aussi poussé ses disciples à attaquer sauvagement Kylie.

La colère monta à l'intérieur de moi. Je ne lui laisserai jamais la moindre chance de faire à nouveau ce genre de chose.

Le métamorphe loup vrilla dans ma direction, tirant le fusil vers le haut comme s'il pensait pouvoir m'avoir par surprise. Un souffle chaud et chargé de feu de dragonne était déjà en train de brûler en remontant dans ma gorge. J'ouvris mes mâchoires et le laissais jaillir.

Je projetai ma rage sur le chef des renégats, ne laissant rien d'autre qu'un tas de cendres carbonisées et le morceau fondu du fusil à l'endroit où le métamorphe se tenait. Un zeste de satisfaction envahit ma poitrine.

Je me retournai vers la route. Quelques-uns des autres renégats étaient déjà en train de fuir, ils couraient en remontant le flanc de la montagne, par le chemin par lequel ils étaient venus. Le jeune homme qui avait arrêté notre SUV était étendu sur la chaussée, son torse lacéré et sa gorge tailladée. Mon loup et mon aigle avaient immobilisé un ours brun sur le sol, entre eux. Mon grizzly était en train d'assener des coups de pattes sur la tête d'un puma. Celui-ci détala au moment où mon ombre glissa au-dessus d'eux. Je n'arrivais pas à voir Marco.

Je me tournai de nouveau, voulant pourchasser le fuyard, et une sensation de picotement parcourut brusquement mes muscles. Ils se crispaient, se ramassant, l'effort de la transformation me rattrapant. Je m'obligeai à conserver ma forme, mais l'épuisement s'empara de moi.

C'était ma première fois. Je n'avais pas d'endurance en réserve.

Je chutai vers le sol en serrant les dents.

21

Aaron

S*ERENITY !*

Le cri résonna dans ma tête tandis que je voyais son corps magnifique tomber du ciel. Ma gorge d'aigle ne parvenait pas à articuler son nom. Mes serres se desserrèrent autour de l'épaule de l'ours que je tenais entre ces dernières, l'envie de courir vers elle me submergeant.

L'ours brun était devenu flasque entre la prise de West et la mienne, mais à présent il donnait un coup de patte dans une dernière claque désespérée. Ses griffes labourèrent une de mes ailes. Un élancement de douleur rejoignit les autres douleurs qui irradiaient déjà dans tout mon corps.

Je me penchai sur le côté et tailladai l'ours, déchiré entre deux responsabilités. Nate arriva de son pas lourd, montrant ses crocs de manière menaçante devant le renégat qui aurait pu être de sa famille. Il balança sa tête vers moi comme pour dire *Vas-y*.

Mon aile blessée faiblissait tandis que je m'obligeais à

repartir en arrière. Je retombai bizarrement sur ses pattes griffus et repris forme humaine. Des marques de griffures sanglantes lézardaient mon bras droit, et je sentais la brûlure d'une entaille sur mes côtes. Serrant les dents pour étouffer la sensation de gêne, je rejoignis mon âme-sœur.

Serenity était tombée à quatre pattes sur la chaussée, quelque part entre ses formes de dragonne et d'humaine. La dragonne en elle l'avait sauvée du pire de l'impact. Elle s'était effondrée à quelques mètres du SUV lorsque mes yeux la trouvèrent, et mon pouls s'arrêta.

Avant même que je ne puisse faire plus de deux pas, elle leva la tête. Du sang coulait d'une blessure par balle le long de son bras, et une éraflure marquait son menton à la suite de l'impact, mais son regard couleur ambre brillait avec un feu plus intense que je ne l'avais jamais vu avant. Il me coupait le souffle.

Je tombai à genoux à côté d'elle et l'attirai à moi. Elle s'affaissa dans mon étreinte, sa joue contre ma clavicule. Sa poitrine se soulevait toujours tandis qu'elle respirait avec difficulté.

— Tu as été merveilleuse, dis-je en passant ma main sur ses cheveux bruns. Je n'ai jamais rien vu d'aussi spectaculaire.

Mon cœur se gonfla au souvenir de ses écailles rouge brillant se détachant du le ciel.

Mon âme-sœur. Ma métamorphe dragonne. Et elle m'avait accepté comme sien la nuit précédente. L'admiration que ça m'inspirait remonta dans ma gorge.

La main de Serenity effleura mon bras blessé et s'arrêta. Elle se releva. Ses yeux s'écarquillèrent.

— Tu es blessé. Il faut te soigner. Est-ce que tout le monde va bien ?

— On a tous survécu, dis-je. Et je vais guérir.

Mais elle avait raison. J'avais déjà perdu plus de sang qu'il n'en fallait. Je m'efforçai à me mettre debout, réticent à l'idée de la laisser. Me dirigeant vers la voiture, je ramassai mon pantalon et lui lançai ma chemise puisque son T-shirt s'était déchiré avec sa transformation. Les lambeaux de ce dernier reposaient sur le sol, à côté de la portière ouverte.

Il y avait un rouleau de gaze stérile dans la boîte à gants prévue exactement pour ce genre de situation. Je bandai mon bras et m'agenouillai à côté de Serenity pour m'occuper de sa blessure à elle. Elle grimaça tandis que je couvrais cette dernière.

— Saletés de balles. C'est comme ça qu'ils s'en sont pris à ma famille avant. J'ai entendu les coups de feu dans un de mes souvenirs, je ne m'en étais juste pas rendue compte jusqu'à maintenant.

Ma bouche se crispa.

— C'est une ligne rouge qu'ils ont dépassée. N'importe quel métamorphe qui a brisé cette loi, qui a utilisé une arme contre les siens, ne peut rejoindre un groupe de métamorphes dans le futur.

— J'ai l'impression que ce groupe est beaucoup plus intéressé par le fait d'anéantir nos groupes que de les rejoindre, dit Marco en s'appuyant contre le capot de la voiture.

Il avait posé sa propre chemise roulée en boule contre l'impact de balle en haut de son torse. La blessure ne l'avait pas empêché de se transformer en jaguar et de s'occuper du métamorphe lynx qui nous avait piégé puis l'avait attaqué. Nate l'avait mis à l'abri grâce au SUV après ça.

— En général, les renégats n'aiment pas renoncer totalement à leurs options, marmonnai-je

Serenity bougea pour se lever et je me redressai avec elle.

West et Nate avaient tous deux repris forme humaine. Tout comme la métamorphe ourse brune qui était à présent une femme étendue inerte sur la route. L'absence d'expression dans ses yeux mi-clos modérait mon soulagement.

— Elle est morte.

Bon sang.

— Elle a pris une balle qui nous était destinée, dit West en montrant de la tête une marque ensanglantée sur la poitrine du cadavre. Elle a quand même réussi à se battre un bon moment malgré ça, comme si elle n'était pas en train de mourir.

Des traces ensanglantées marquaient sa poitrine, juste sous l'éclaboussure brillante d'une cicatrice qui, je le savais, avait été laissée par de la magie de fée. Il se dirigea à la hâte vers le SUV pour ramasser ses vêtements, me lançant un regard affligé en passant.

— J'espérais aussi qu'on obtiendrait des réponses.

Notre métamorphe dragonne fixait la femme du regard. Elle se mordit la lèvre. Elle avait terminé des vies avec ses flammes de dragonne quelques minutes avant, mais le fait de voir un corps sans vie de plus près n'était pas quelque chose dont Serenity avait l'habitude.

— J'ai eu leur chef, dit-elle en détournant

brusquement son regard. Le métamorphe loup qui m'avait attaquée dans le village. C'est un tas de cendres là-haut maintenant.

Elle leva sa main vers le flanc de la montagne.

— J'ai aussi essayé d'attraper ceux qui s'enfuyaient…

Le regard de Nate s'assombrit.

— Tu as fait tout ce que tu as pu, Ren. Je n'ai jamais vu aucun autre métamorphe garder sa forme aussi longtemps la première fois qu'ils ont fait une transition complète.

— Oh.

Elle cligna des yeux. Puis un petit sourire se dessina sur ses lèvres.

Nate suivit West vers la voiture. Nous devions nous dépêcher avant que des humains n'arrivent. Cette route n'était pas très fréquentée et nous avions laissé la dernière ville plusieurs kilomètres derrière nous, mais ça ne voulait pas dire qu'il n'y avait personne dans les environs pouvant avoir entendu les coups de feu.

Serenity serra ma chemise autour de ses épaules.

— Ils voulaient encore me voir morte, dit-elle.

— Apparemment six années de chaos ne leur ont pas suffi, marmonna West.

Les lèvres de Marco se retroussèrent.

— Mais tu les as bien remis à leur place, princesse. Tu les as tous réduit en cendres.

On ne pouvait pas savoir quels autres renégats tout aussi décidés à nous détruire il pouvait encore y avoir dans la nature, mais je n'avais pas envie de dire ça. Pas tandis que je regardai Serenity se tenir un peu plus droite. Pendant que les autres revenaient, elle regarda autour de nous, ressemblant trait pour trait à une princesse en cet instant. Trait pour trait à une reine. C'était une victoire, et c'était la sienne. Je le ressentais dans le flux d'énergie qui passait entre nous, je sentis mes pairs alphas réagir à son pouvoir.

Nous étions tous dans le même bateau, jusqu'au bout. Aucun de nous ne faisait marche arrière, pas même West. Ça semblait bien. Ça semblait juste.

— Alors on continue à avancer vers ce que les renégats essayaient de nous empêcher de faire ici, dit Serenity. Il y a juste une chose que je dois faire d'abord.

Elle se tourna vers moi et prit ma mâchoire dans sa main, m'attirant dans un baiser auquel j'étais plus qu'heureux de répondre. Je l'embrassai en retour avec toute la passion et tout le respect que j'avais en moi, jusqu'à ce qu'un frisson parcoure son corps. Tout ça : le danger, les blessures qui commençaient à peine à guérir sur mon corps, tout ça en valait la peine pour ce résultat.

Ren

Je m'éloignai d'Aaron, le souffle court, mais je n'en avais pas encore terminé. Je tendis ensuite mes bras vers Marco. Mon métamorphe jaguar vint sans la moindre résistance, glissant son bras autour de ma taille tandis qu'il inclinait son visage vers le mien. Il m'embrassa longuement et intensément, avec une caresse taquine de sa langue. Il était évident qu'il ferait ça.

Nate était là, m'attendant quand je m'écartai de

Marco. Je joignis mes mains derrière le cou du métamorphe ours, et il me souleva avec ses grands bras pour que je sois à son niveau. Son baiser était ferme, mais doux, laissant ses lèvres s'attarder légèrement sur les miennes avant de me relâcher.

Pour finir, je me tournai vers mon métamorphe loup. La posture de West s'était raidie. Il me regardait avec circonspection, mais de la chaleur couvait dans son regard. Il avait envie de moi malgré lui. Nous ressentions tous la même attirance.

Je tendis une main vers lui.

— Ce n'est qu'un baiser, pas un contrat. J'ai besoin de savoir que tu es avec moi au moins à ce point.

Il humecta ses lèvres. Ce geste éveilla mon désir.

— D'accord, Étincelles, dit-il. Tu peux avoir ton baiser.

Après ça, je m'attendais à ce qu'il ne me donne que le plus bref des bisous. Il se rapprocha, ramenant toutes les odeurs de la forêt avec lui, celle riche de la terre et celle forte des pins. Mon cœur se mit à battre un peu plus fort. Il pencha la tête et je me mis sur la pointe des pieds pour appuyer timidement ma bouche contre la sienne.

Un son avide résonna dans sa poitrine. Sa main trouva ma taille, chaude comme la braise tandis qu'il m'attirait vers lui. Il m'embrassa avec tellement d'intensité que ma tête se mit à tourner. L'espace d'un instant, il n'y avait plus que sa chaleur et la pression exigeante de ses lèvres.

West me lâcha tout aussi brutalement. Il recula, croisant ses bras sur son torse dans une familière posture froide.

— Allons-y alors, dit-il sur un ton bourru, soutenant

mon regard pendant un moment avant de détourner le sien.

Son goût prononcé s'attardait sur mes lèvres. Je repris mon souffle, ayant l'impression d'avoir finalement pris entièrement possession de mon corps. Le corps d'une métamorphe dragonne, entourée des quatre alphas qui seraient mes âmes-sœurs.

— Oui, dis-je. Allons-y.

Après un léger retard tandis que Nate et West changèrent le pneu crevé par celui de secours situé sur le capot arrière, nous reprîmes la route. Les montagnes s'écartaient autour d'une large vallée avec une rivière scintillante en son centre. Sunridge se trouvait sur la rive sud, une petite ville de quelques milliers d'habitants. Je regardais à travers la vitre pendant que nous passions dans la rue principale, m'attendant à ce quelque chose m'interpelle.

Aaron me regardait avec espoir. Je secouai la tête.

— Rien.

— Ils ont un musée sur l'histoire de la ville, dit Nate en montrant un bâtiment du doigt. Ça semble être un bon endroit pour commencer.

West se gara à l'extérieur de la maison réhabilitée. La femme qui se trouvait à l'accueil nous regarda avec curiosité au moment où nous entrâmes. Son badge disait qu'elle était bénévole pour la Société d'histoire de Sunridge. Quelle histoire pouvait bien avoir une ville de cette taille ?

Nous déambulâmes au milieu de l'exposition : des

articles de journaux vieillis par le temps, d'anciennes photos en noir et blanc, des vêtements appartenant à un maire particulièrement exceptionnel qui, d'après ce que je pouvais dire, avait simplement fait construire un pont au-dessus de la rivière. Rien de vraiment passionnant. J'étais sur le point d'en rester là lorsque mon regard se posa sur un tableau qui remplissait un coin d'un mur situé au fond.

Mon pouls commença à devenir irrégulier. Je m'avançais vers lui, une étrange sensation de le reconnaître me picotant. Je n'avais jamais vu cette image avant, mais d'une certaine manière j'avais l'impression de la connaître.

C'était un dessin simple montrant l'étendue des montagnes aux cimes enneigées. Mais au centre, entre deux des cimes, une flamme jaillissait vers le ciel. Je tendis une main vers elle, me retenant juste à temps de toucher la toile.

— Ça vous plaît ? demanda la bénévole du musée en arrivant derrière moi.

Elle m'adressa un sourire doux.

— C'est une interprétation d'une œuvre plus grande qui se trouve sur la grand-place, si vous voulez voir l'original.

— Oui, dis-je avec tellement d'enthousiasme que ses sourcils se relevèrent de surprise. Où est-ce qu'elle est ?

C'est à une petite marche d'ici, dit-elle. Prenez juste à gauche en sortant, ensuite tournez encore une fois à gauche après deux immeubles, et vous verrez la place.

— Merci !

Je me précipitai vers la porte. Les autres me suivirent.

— Tu as découvert quelque chose ? demanda Nate.

— Je crois. Venez.

Je me ruai dans la rue, suivant le trajet que la femme m'avait indiqué. Nous arrivâmes sur une toute petite place pavée avec seulement quelques bâtiments de chaque côté et un hôtel à l'autre bout. Au milieu de la place se tenait un obélisque en pierre grise, scintillant de poussière de mica. Il se dressait à une taille faisant au moins une fois et demie la mienne. La même image que celle du tableau était gravée sur sa surface plane.

Elle m'attira vers elle jusqu'à ce que je sois assez proche pour la toucher. Cette fois, je m'autorisai à poser ma main sur la surface froide en pierre. Cette dernière sembla trembler sous ma paume.

Une vague d'images balaya le monde.

Non, pas un souvenir. Parce que je n'avais jamais vue l'image de ma mère qui s'éleva devant mes yeux. Elle se tenait devant cet obélisque, ses cheveux châtain brillant sous le soleil, portant la même robe que celle qu'elle avait la dernière fois que je l'avais vue. Ma poitrine se serra.

Elle m'avait laissé ce message il y avait sept ans de ça, lorsqu'elle se tenait à cet endroit précis.

— Serenity, dit-elle, sa voix claire résonnant directement dans mes oreilles. J'aimerais avoir plus de temps pour te dire tout ce que je devrais te dire, mais je ne sais pas quelle avance j'ai réussi à avoir sur eux. Alors tout ce que je peux te dire, c'est ça : je veux te donner tout ce dont tu as besoin pour surmonter les nombreux défis qui, je le sais, t'attendent. Notre peuple a laissé un pouvoir à cet endroit il y a plusieurs siècles. Si je ne suis pas revenue pour te l'apporter, il y a encore une chance pour que tu puisses le récupérer toi-même. Parce que si tu as réussi à aller aussi loin, tu dois déjà être tellement forte. Elle toucha l'image de la flamme entre les montagnes. C'est là que tu le trouveras. Ta nature de dragonne t'aidera à suivre le chemin. Puis elle me regarda droit dans les yeux. Je t'aime. N'oublie jamais ça.

L'image s'effaça. Je me retrouvai me retenant grâce à la pierre, mes yeux remplis de larmes.

— Ren ? dit Nate avec hésitation.

J'inspirai en tremblant et essuyai mes yeux.

— Je vais bien, dis-je. Je sais ce qu'on doit faire. Je sais pourquoi ma mère nous a envoyé ici. Il y a quelque chose ici dont j'ai besoin si on doit réparer tous les dommages qu'ont causé les renégats.

Je reculai, observant l'image, puis les chaînes de montagnes autour de nous. Là. Je m'arrêtai au moment où mon regard se posa sur deux pics qui correspondaient se ressemblaient. Le soleil était haut au-dessus d'eux à cet endroit, mais il brillait entre eux comme une flamme à son lever. Je levai la main.

— On va au sommet de cette montagne.

À PROPOS DE L'AUTEUR

Eva Chase est une autrice dans le top 100 des best-sellers Amazon dans les catégories de romance fantaisie et paranormale. Elle a grandi avec une bonne dose de magie, de chaos et de cette angoisse romantique, trois éléments que l'on retrouve dans ses histoires. Mais il n'y a pas besoin d'avoir peur des triangles amoureux ! Les héroïnes d'Eva n'ont jamais à choisir. Vous pouvez visiter son site web au www.evachase.com.